사랑 밖의 모든 말들

사랑 밖의 모든 말들

김금희
산문

문학동네

안팎의 말들

작가가 되어 십일 년 동안 쓴 산문을 묶는다. 소설집을 낼 때는 읽어줄 사람들에게 더 다정한 마음이 되지만 이번에는 산문집을 세상에 내보내기로 결심한 나에게 더 온정의 마음을 쏟고 싶다. 책 작업을 하는 동안 즐거운 순간들도 있었지만 대체로는 어려운 시간들을 다시 환기해야 했으니까.

아픈 기억을 버리거나 덮지 않고 꼭 쥔 채 어른이 되고 마흔이 된 날들을 후회하지 않는다. 아프다고 손에서 놓았다면 나는 결국 지금보다 스스로를 더 미워하는 사람이 되었을 테니까. 그리고 삶의 그늘과 그 밖을 구분할 힘도 갖추지 못했을 것이다. 우리는 대개 현명하지 않은 방법으로 상처를 앓는 사람들이지만 그래서 안전해지기도 한다고 믿는다. 삶에 대해 예민한 감각을 갖게 될 것이고, 느끼게 될 것이고, 마음 먹게 될 것이며 결국 나가서 걸을 수 있을 것이다.

요즘 나는 글을 쓰지 않을 때면 으레 발코니에 나가 있다. 햇볕, 흙, 장갑, 수도꼭지, 그리고 전날 밤 미리 물을 받아둔 양동이가 있는 곳이다. 거기서 죽어가는 식물의 화분을 갈아주고 가지를 쳐주고 해충 잡는 일을 하다보면 문득, 너무 맹렬하네, 하는 소리가 들린다. 절박하게 하네, 이렇게 끝을 보고 다시는 하지 않을 사람처럼 하네, 싸우듯이 하네. 내가 너무 그랬나 싶어서 플라스틱 앉은뱅이 의자에 앉으면 비로소 눈에 들어오는 발코니의 순한 잎들, 그리고 들려오는 춤, 기억, 꿈, 지시, 나무, 눈, 귤, 찬물로 만 국수와 안녕안녕— 같은 말들. 그렇게 일렁이는 말들이 마음의 안팎으로 다 빠져나가기를 기다려야 하는 오후가 있다는 사실을 이제는 안다. 그제야 찾아드는 텅 빈 평안이야말로 대상을 지정할 필요도 없는, 삶에 대한 사랑이라고.

산문집을 묶고 나서 내 글에 엄마가 자주 등장한다는 사실을 새삼 깨달았다. 세상의 이 말들을 쥘 수 있게 해준 엄마에게 사랑과 존경을 보낸다. 내게 처음 말을 가르쳐준 사람이 당신이라는 사실을 한 번도 잊은 적 없다. 이 인사를 여기에

적을 수 있어서 어느 때보다 행복하다.

책을 내는 동안 응원해준 가족과 문학동네 편집부, 근사한 파트너였던 김봉곤 편집자에게 감사의 말을 전한다. 그리고 산문집을 읽어줄 독자분들에게도 많이 고맙다는 말을 전한다. 요즘 나는 내 글을 읽을 당신이 무엇보다 안전했으면 좋겠다는 생각을 한다. 때로는 이 글들이 불러일으킬 당신의 어떤 기억과 마음으로부터도.

공원을 걷고 싶은 4월의 밤
김금희

1부

언제나 귤이었다

귤, 티셔츠, 몇 권의 재미없는 책들

대학생 때 방학이 되면 나는 대체로 누구와 함께하는 것보다는 혼자서 할 수 있는 일을 했다. 일단은 게으르게 며칠을 보냈다. 지금 기억해보면 닷새 정도를 아파트 문밖으로 전혀 나가지 않고 지낸 적도 있었다. 나는 그게 이상한 줄을 모르다가 친구가 듣고 놀라는 것을 보고 모두가 그렇게 살지는 않는다는 사실을 알았다. 물론 나가서 아르바이트를 해야 하는 방학에는 그럴 수 없었다. 아이들을 가르치는 일을 주로 했는데 식사시간이 따로 없어서 쉬는 시간에 잠깐 팀장이 사오는 김밥—같은 종류의—을 한 줄 먹는 게 고작이었다. 그럴 때 참을 수 없는 건 김밥이라기보다는 그렇게 먹고 있는 강사들 사이의 무거운 침묵이었다. 우리는 김밥을 들고 각자 자리에서 포일을 벗겨 먹으면서 교재를 들여다보거나 무언가 생각할 것이 있는 '척'했다.

겨울방학 때 집에 틀어박혀 있으려면 당연히 간식이 있어야 했고 언제나 귤이었다. 그 동글동글하고 노란 것은 일단 귀여워서, 보는 것만으로도 당도 높은 위안을 주었고 무엇보다 먹기 위해 칼을 댈 필요가 없어서 좋았다. 과일 깎기란 지금도 내가 가장 어려워하는 일이다. 한 손으로 둥근 것을 움켜잡는 것, 그리고 다른 손으로 날카롭고 뾰족한 것을 들고 물리적인 힘을 주어 껍질을 벗겨내는 일이 내게는 신기에 가까운 동작처럼 보인다. 마치 전혀 다른 두 세계를 아슬아슬하게 오가야 하는 것처럼. 정지되어 있어야 하는 것과 힘이 가해져서 움직여야 하는 것, 그 둘의 균형이 맞지 않으면 맛볼 수 있는 과육이 터무니없이 적어지거나 내가 다칠지도 모른다는 것. 어쩌면 그래서 방학이 필요한지도 모르겠다. 멈추고 움직이는 과정을 반복하면서 삶의 균형을 감각하게 되는 것일지도.

귤을 먹으며 방학을 보내던 시절에는 오래된 아파트에 살았는데, 내 안락을 방해하는 것이 바로 그곳의 터줏대감인 붉은 개미들이었다. 그 붉고 작고 끈질긴 것들은 내가 귤을 까먹다가 잠시 한눈을 팔면 어느새 몰려들어 달콤함을 만끽

하고 있었다. 얇은 과피를 찢고 들어가 우글거리는 것이 괴롭고 징그러워서 나는 어쩔 줄 몰라하다가 그대로 변기에 넣고 물을 내리기도 했다. 물론 지금이라면 하지 않을 선택이었다.

그러다 변기가 막히는 대형사고가 일어나버렸다. 변기를 다 뜯어야 해결되는 상황에서 엄마는 대체 무엇이 이런 비극을 불러일으켰나 원인을 찾기 시작했고 양심의 가책을 느낀 내가 자백하자 아연실색했다. 왜 음식물 쓰레기로 처리하지 않았느냐는 물음에 어떤 분노감이 작용했다고 말하자, 엄마는 평소에도 좀 이상하다고 생각했던 딸의 상태에 확신을 가지게 되었다. 엄마는 내가 국문학과에 진학한 것, 소설 학회에 가입해서 밤마다 자판을 두드리며 글을 쓰는 것, 밖에 나가지 않고 방학 내내 틀어박혀 있는 것, 친구가 별로 없는 것에 귤과 개미 사건을 종합해 무언가가 잘못되었다고 판단했다. 여기에는 언니와 아빠도 동의했으나 그런다고 나를 말릴 수는 없었다.

나는 한번 껍질을 벗긴 귤은 끝까지 다 먹어치우는 습관을 갖겠다며 가족들을 진정시켰고 그 외의 생활 패턴은 그대로 유지했다. 왜냐면 귤 하나를 쥐고 방안에 들어앉은 시간이야말로 내 진정한 천국이었기 때문이다. 그런 천국을 두고

밖으로 나가려고 하면 일단 씻어야 했고 깨끗한 옷을 입어야 했고 무슨 말을 할까, 어떤 말을 듣게 될까, 마음의 무장을 해야 하는 것이 싫었다. 가만히 있는 나에게 날카로운 무언가가 다가와 바뀌어야 해, 여기서 벗어나 좀 다른 모양으로 변화해야 해, 하고 말하는 듯했으니까. 나는 그냥 여기서 며칠 동안 어떤 음식을 먹었는지 지형도를 충분히 그릴 수 있게 더럽혀진 티셔츠를 입고 머물고 싶었다. 그때는 그렇게나 자신에게 관심이 기울어 있던 시기였다. 아직 나는 나에 대해서도 잘 알지 못하니까. 하지만 나를 비춰볼 거울 없이 스스로를 돌아보기란 불가능해서 나는 몇 권의 책을 이불 옆에 두곤 했다. 물론 몇 권은 아주 재미가 있었지만 나머지는 그렇지 않았다.

예를 들어 선배들이 반드시 읽으라고 해서 쥐었던 게오르그 루카치의 『소설의 이론』은 번역서가 이렇게 시적(?)일 수 있구나 하는 생각 이외에는 남긴 것이 없었지만 어떻게든 끝까지 읽게 되었다. 그건 장정의 푸른색 바탕과 흑백으로 된 작가 사진이 근사하기 때문이었고 "별이 빛나는 창공을 보고 갈 수가 있고 또 가야만 하는 길의 지도를 읽을 수 있던 시대는 얼마나 행복했던가? 그리고 별빛이 그 길을 환히 밝혀주던 시대는 얼마나 행복했던가?" 하는 첫 부분에 매혹당했기 때문이었다. 소설이 이미 길의 지도를 잃어버린 상황에서 출발한다는 것이 마음에 들었다. 그렇게 해서 어디로 갈지 모르는 이들이 숨어서 읽고 쓰는 것이 소설이 아닌가, 하는 생각이 들었기 때문이다. 그러면 여기에 틀어박혀 있는 나란 인간도 그렇게 이상하지 않게 느껴졌다. 난해하기로 유명한 책을 어쨌든 읽고 있고, 읽은 뒤에는 쓸 것이며, 그렇게 쓰고 나면 어떤 성장이 가능할 테니까.

프로이트 전집의 몇 권과 『문학과 예술의 사회사』도 그렇게 해서 읽은 책들이었다. 물론 속도는 나지 않았다. 나는 그런 책들을 얼마간 읽다가 잠이 들었고, 깨어나면 엄마가 저녁 준비하는 소리가 들렸다. 이렇게 하루가 갔구나 싶으면서 불 꺼진 방안에서 그런 일상의 소리들을 들으면 평안해지는 것이 아니라 도리어 무섭게 외로워졌다. 하지만 곧 엄마가 들어와 하루종일 잠만 자느냐며 엉덩이를 툭툭 치고 불을 켜면, 그렇게 해서 내게 익숙한 것들, 아직 며칠은 거뜬한 귤과 무시무시하게도 길어서 영영 끝나지 않을 듯한 몇 권의 책들이 눈에 들어오면 나는 다시 이 겨울을 이렇게 보내고 새로운 봄을 맞을 수 있을 것 같아 괜찮아지곤 했다.

꽤 오랜 시간이 지났지만 지금도 그리운 겨울방학의 시간들. 사실 지금도 여전히 사람들을 만나는 일은 쉽지 않고, 재미없는 책들을 읽는 데서 더 나아가 (누군가에게는) 분명 재미가 없을 책들을 쓰는 사람으로 바뀌었지만, 그럼에도 가끔은 숨어들어 그때의 오래된 아파트에서 며칠째 똑같은 티셔츠를 입고 붉은 개미와 신경전을 벌이고 있는 나를 들여다본다. 다른 사람들은 전혀 알 수 없을 비밀을 공유하고 있는 친구를 찾듯 내 기억 속에서. 나쁘지 않았어? 라고 물으면 당연하지, 라고 대답하고 다시 읽던 책으로 돌아가는 스무 살의 나에게로. 그러다 그애는 너무 지루하다며 책장을 덮고, 깊고 달달한 잠에 빠져들고.

나의 할머니

10월에 엄마는 엄마 없는 엄마가 되었다. 할머니는 아흔 두 살의 나이로 엄마 곁을 떠났다. 엄마 곁이라는 말을 우리 곁이라고까지 말하지 못하는 것은 할머니와의 기억이 많지 않기 때문이다. 우리 가족은 친지들이 사는 남쪽 지역을 떠나 인천까지 와서 자리잡았고, 일과 가사를 병행해야 하는 바쁜 삶 속에서 엄마는 고향에 자주 가지 못했다. 내가 외가에 간 것은 손에 꼽을 정도였다. 나중에는 교통편도 나아지고 시간적인 여유도 생겼지만 어려서 가깝게 지내지 못한 친척들을 갑자기 어른이 되어서 살갑게 대하기란 어려운 일이었다. 적어도 내게 친지란, 조부모란, 고향이란 실감보다는 개념에 가까웠다.

할머니는 요양원을 떠나 평생을 지냈던 고향집으로 돌아
왔다. 그 마을에는 선산이 있었고 할머니의 자리도 마련되어
있었다. 할머니는 일곱 남매를 키웠고 손자 손녀 몇도 할머니
손에서 자랐다. 사랑이 지극하신 분이라 그런 할머니를 기억
하는 자식과 손주들의 눈물이 그치지 않았다. 사실 나는 그렇
게까지 슬픔에 집중하지는 못했다. 하지만 엄마와 친척들의
애달픈 마음, 고통스러운 표정과 서로를 위로하며 어루만지
는 손길들을 바라보며 내가 느낄 수도 있었던, 그러나 결국은
알지 못한 채 떠나보낸 할머니의 사랑에 대해 생각했다.

장례를 치르는 동안 나는 다른 손주들과 달리 상복 대신
검은 평상복을 입고 있는 스스로가 마음에 걸렸다. 발인 날
이 되어서야 장례에 합류했고 몇 시간 잠깐 입을 텐데 굳이
빌릴 것 없다며 어른들이 입고 온 검은 재킷을 그냥 입으라
고 했기 때문이다. 어른들로서는 배려였지만 나는 어떤 표식
처럼 느껴져서 마음이 무거웠다. 그러니까 멀다는, 할머니에
게서 그렇게 멀리 있었던 혈육이라는 표식처럼 말이다.

장례가 끝나자마자 우리 가족은 다시 인천으로 올라왔다.
오는 길은 멀었다. 이모들에게서 우리는 이제 집에 돌아와
쉬고 있다, 라는 문자가 도착했을 때에도 여전히 도로를 달
리고 있었다. 엄마는 엄마를 잃었지만 그렇게 울다가도 순식

간에 다시 엄마의 모습으로 돌아가 우리가 피곤하지 않은지, 뭐 필요한 게 없는지를 살폈다. 엄마가 없는 동안 가게는 잘 돌아갔는지, 다음주에 있는 지인의 결혼식에는 참석해도 되는지 고민하고 챙겼다. 러시아워를 뚫고 우리가 겨우 인천으로 접어들었을 때 엄마는 돌아가시기 며칠 전 할머니를 만난 이야기를 들려주었다. 할머니는 아흔이 넘으셨지만 정신이 흐려지지는 않았고 당신 자식들을 모두 알아보았다. 할머니와의 이별이 멀지 않았다는 사실을 알고 있었던 엄마는 할머니에게 누구 보고 싶은 사람 없어? 하고 물었다고 했다. 엄마가 그렇게 말했을 때 나는 그 답이 나일 리는 없다고 여기면서도, 어떤 대답이든 좀 마음이 서운할 수 있다고 예감하면서도 누구였어? 라고 물었다. 엄마는 할머니가 "다 보고 싶다"라고 대답했다고 전해주었다. 다 보고 싶다.

나는 요즘 할머니가 살아 계셨을 때보다 더 자주 할머니에 대해 생각한다. 원래 할머니는 내게 북쪽과 남쪽의 거리만큼 아주 멀리 계셨던 분이므로 나는 그 부재에 대해 실감이 없고 그러니 마치 살아 계신 듯 느껴지기도 한다. 여전히 실감과는 거리가 있는 태도인지는 모르겠지만 분명한 점은 이제 비로소 어떤 용기가 생겼다는 것이다. 할머니와 가까웠든 가깝지 못했든 할머니를 기억하는 모든 이들에게 동일하게 찾아든 할머니의 부재, 그 공평한 부재 속에서 비로소 '나의 할머니'에 대해 느끼고 생각하기 시작했다. 모두 다 보고 싶다는 할머니의 말, 그 말을 곱씹는 데서 시작해, 조금씩 그러나 오래오래.

피카소와 나무

시인이자 친구인 피카소—내 휴대전화에 저장한 별명이다—를 만난 건 몇 년 전 술자리였다. 단발머리에, 눈이 동그란 누군가가 앉아 있었다. 말은 별로 없었지만 맑아서, 자꾸 들여다보고 싶은 얼굴이라고 생각했다. 그날은 소주와 맥주와 사이다를 섞은 이른바 '암바사주'라는 해괴한 술을 만들어 마신 날이기도 했다. 피카소는 그 술을 어이없어하면서도 마음에 들어했는데, 서로 권하고 마시는 시간을 보내면서 앞으로 우리 친하게 지내자는 메시지가 전해졌다. 요즘 들어 기억력이 흐릿해져 정확한 말은 헷갈리지만 분명한 건 마음이 설렐 정도의 말이었다는 것이다.

피카소와 나는 그뒤로 밴드를 같이하기도 했다. 글쓰는 동료들과 함께했던 김중연—가명이다—밴드였다. 밴드명에 이름이 들어간 김중연씨는 리더이자 소설가인 최의 지인으로, 나는 전혀 모르는 사람이었다. 최는 그의 드럼 실력을 인정해 밴드 합류를 제안했으나 거절당하자 그의 이름을 밴드 명으로 삼았다. 거절의 대가로, '아마추어'라는 평가조차 하기 어려운 우리 밴드의 이름으로 영원히 박제된 셈이었다. 우리 모두 밴드 할 실력은 아니었다. 첼로를 맡은 최는 그 무렵 고가의 그 악기를 샀을 뿐이고, 나는 중학생 이후로는 거의 피아노를 연주한 적이 없으며, 피카소는 가족에게 막 기타줄 튕기는 법을 배운 참이었다. 또다른 소설가 S는 하모니카를 맡았는데 그건 삼촌과 관련한 애틋한 기억이 있기 때문이었고 역시 잘 불지는 못했다. 하지만 우리는 상관없다고 생각했다. '절대 잘하지 말자'가 밴드의 모토였으니까.

합주실에 모일 때마다 연주하는 시간보다 멈춘 시간이 더 길었다. 어느 날 홍대에 모여 지하의 합주실에 들어섰는데, 기타를 맡은 피카소가 자꾸 튜닝 나사를 조이며 조율을 거듭했다. 합주를 하다가 또 한번, 진행이 되다가 또 한번. 우리는 어차피 각자가 맡은 악기들에 대해서도 잘 모르기 때문에 피카소가 제대로 된 음정을 위해 그런 수고를 하는 줄 알았다. 그런데 어느 순간 안 되겠는지 합주실 주인에게 도움을 청했고, 그걸 본 그는 깜짝 놀라며 만약 한 번만 더 돌렸다면 기타줄이 완전히 끊어졌으리라고 했다.

더 슬픈 장면은 그다음에 벌어졌다. 그날은 한국문학계에서 가장 근사한 목소리를 지닌 시인을 삼고초려해서 모신 날이었다. 하지만 우리의 연주는 그가 감미로운 목소리로 노래를 좀 하려고 하면 중단되고, 하려고 하면 멈췄다. 그는 성격이 너무 좋아서 부르다 말고 부르다 말면서도 참을성 있게 기다려주었는데 연습 시간이 거의 끝날 때쯤 아주 조심스럽게 "저 노래 한 번만 제대로 불러보고 집에 가면 안 될까요?" 하고 부탁했다. 그날의 미안함, 그날의 부끄러움에 대해서는 더이상 설명하기가 힘들 것 같다. 아무튼 우리는 어차피 잘할 생각은 없었지만 더 못하기도 힘든 밴드 연습을 접기로 했다.

그뒤로도 피카소와 나는 함께 스케치 수업을 듣기도 하고 (피카소는 그의 훌륭한 드로잉 실력에 감탄한 내가 붙인 별명이었다) 교토로 여행을 가기도 하고 이소라 언니 공연에 가서 눈물을 흘리며 앉아 있기도 했다. 막걸리 안주로는 에이스가 최고라는 것, 가챠 기계가 우리가 자주 가는 서점 건물에 있다는 것, 때로 시는 마음이라는 수면의 무늬를 흰 종이로 걷어내는 방식으로 쓰이기도 한다는 것, 힘이 들 때는 혼자 있으면 안 되고 나와서 누군가를 만나야 한다는 것을 알려준 사람도 그였다. 좋아하는 사람의 가장 자연스러운 모습을 찍어 헤어지고 난 뒤 메신저로 보내주는 애정 같은 것, 잘 듣고 곰곰이 생각한 다음에야 해주는 온당한 충고와 답변. 그때부터 지금까지 내게 없어서는 안 되는 것들이다.

얼마 전 그의 동네로 가서 오겹살을 먹었다. 한 계절 만에 만나는 것이었다. 피카소는 담담히 내 상태를 살폈고 내 하소연을 침착하게 듣고는 새로 나온 한정판 블랙윙 연필을 건넸다. 그것이 연필이고 마침 내가 하던 고민이 소설가라는 직업에 관한 것이어서 잠시 엉엉 울고 싶었지만, 그냥 참고 김치말이국수를 추가 주문했다.

그날 피카소에게서 들은 가장 인상적인 이야기는 어느 오래된 동네에 가서 본 나무에 관한 것이었다. 서울에 있으리라 생각하지 못했던 정말 커다란 나무였다고. 피카소는 그 나무를 내게 설명해주기 위해 나무 자체가 아니라 그 주변에 있었던 사람들의 표정이나, 무심히 눈길이 갔던 식탁 풍경에 대해 이야기했다. 그것이 주었던 기이한 오후의 평화에 대해. 모두 나무를 상상해내기에 충분한 말들이어서, 나 역시 거기로 건너가 옆에서 지켜본 것 같았다.

피카소가 여름이라고 특정하지 않았는데도, 그것은 여름

의 창창한 햇빛을 받으며 서 있었다. 잎이 넓었고 높았으며, 그 푸른 잎들 사이로 바람이 통과하게 내버려두며 아주 유연하게 흔들리고 있었다. 나는 나무를 세상에서 가장 아름다운 존재라고 생각하고, 특히 그것이 바람과 함께 어우러질 때 거기에는 눈과 귀와 피부가 모두 동원되어 누리는 아름다움이 발생한다고 여기는데, 그 순간이 그랬다.

집으로 돌아오면서, 나는 내가 피카소를 만나는 동안 했던 얘기들이란 모두 일과 작업들에 대한 것이었다는 사실을 깨달았다. 반면에 피카소는 그러지 않았다는 것을. 그는 나무에 대해 이야기해주었으니까. 나는 어쩌면 내가 너무 삭막하게 살고 있는 걸까 생각했다. 돌아오고 나서도 부대끼는 일들은 여전했다. 하지만 그 사이사이, 실제로 본 적은 없지만 알고는 있는 그 놀랍도록 크고 아름다운 나무를 떠올리려고 노력했다. 그것은 동시에 피카소에 대해 생각하는 일, 지금 당장은 곁에 없지만 어딘가에 분명 사려 깊게 자리하고 있는 존재들에 대해 믿는 일이었다.

엄마의 첫 고양이 일구

　지난겨울 엄마는 노란 얼룩무늬 고양이 일구를 만났다. 일구는 며칠 동안이나 엄마네 하수구 옆에서 울며 어딘가를 들여다보고 있었다. 사람들이 다가가면 잠시 피하는 듯했다가 다시 와서 자리를 지켰는데, 이상하다 싶어 살펴보던 엄마는 가냘프고 연약한 고양이 울음소리를 듣게 되었다. 하수구 환기통에 새끼가 빠져 있었던 것이었다. 사람 손이 도무지 들어가지 않는 구멍이어서 부모님도 애를 써봤지만 꺼낼 수가 없었다.

　결국 구조대의 도움을 받아 일구는 새끼와 재회할 수 있었다. 엄마는 새끼의 생명을 구해준 구급대원을 기억하라는 의미로 '119'에서 이름을 따다 '일구'라고 어미 이름을 지었다.

그때까지 엄마는 마당 창고에 일구가 새끼를 낳은 것도 모르고 지내다가 환기통 사건이 있고 나서야 여섯 마리의 새끼가 살고 있다는 걸 알게 되었다. 한 번도 고양이를 키워본 적 없고 고양이를 키우는 일에 대해서는 생각해본 적도 없던 엄마는 그렇게 여섯 마리 아기 고양이와 일구를 보살펴야 하는 사람이 되었다.

일구는 자식 사랑이 지극해서 엄마가 밥을 주어도 절대 먼저 먹지 않고 새끼들이 다 먹을 때까지 기다렸고, 자기 몸이 마르는 줄도 모르고 새끼들을 온종일 지키고 살폈다. 새끼들은 겁이 많았지만 천방지축이라서 마당까지 나와 뒤엉켜 놀곤 했다. 내가 좀 보고 싶어 다가가면 일구는 세상에서 가장 험악한 표정으로 '하악질'을 하며 겁을 줬다. 그건 먹이를 챙겨주는 엄마에게도 다르지 않았다. 엄마는 자기에게까지 경계심을 표하는 일구에게 좀 서운해하면서도 어미란 그런 것이라며 금세 이해했다.

엄마는 일구가 많이 먹고 좀 마음 편하게 쉬기를 바랐지만 길 위에서 살아본 어미 길고양이는 언제라도 위급한 순간이 올 수 있다는 경계를 잃지 않았다. 그 믿지 않는다는 얼굴과 몸짓, 새끼를 바라보는 긴장된 표정과 그 새끼들을 핥고 안아주는 애착의 손길. 엄마가 바라보는 일구의 그런 모습은 내가 엄마에게서 봐온 모습과 유사했다. 엄마는 나를 품어 왔지만 거기에는 어려움을 스스로 이겨온 사람이 가지는 절 박함과 긴장이 있었고 나는 그것을 통해 세상살이의 어려움 을 짐작했다. 우리는 그것을 부인할 수 없다. 우리의 모성이 그 자체로 완전한 조건에서 생성된 것이 아니라 그것을 불가 능하게 하는 여러 조건들에 지지 않으려 싸우며 이루어져온 것이라는 사실을 말이다.

이제 엄마네 마당에는 일구도, 일구의 새끼들도 없다. 옆 집에서 공사하던 날 놀란 새끼들이 흩어져 사라졌고 마지막 으로 남아 있던 한 마리는 일구와 봄을 보내다가 또 어디론 가 가버렸다. 나는 그 나이가 되면 으레 고양이는 독립하기 마련이라고 위로했지만 엄마는 새끼들이 정말 다른 곳에 정 착을 했을까, 그렇게 해서 자기 보금자리를 제대로 마련했을 까, 하는 염려를 거두지는 않았다. 엄마가 체험한 세계란 그 런 소망 하나 충족하기가 참 어려운 세계이니까. 그뒤로 엄 마가 마련해준 상자에서 혼자 쓸쓸히 지내던 일구는 또 작별 인사도 없이 사라져버렸다. 하지만 엄마는 일구가 지내온 상 자는 버리지 못하고 기다리고 있다. 길 위의 어미 고양이 일 구가 언제라도 돌아와 쉴 수 있도록. 누구에게나 엄마는 필 요하니까.

찬물 국수

어느날 엄마가 텔레비전에서 그 유명한 외식사업가가 알려준 '만능간장'을 만들었다. 잘게 간 돼지고기에 간장을 넣고 끓인 것인데 조림요리에 만능이라고 했다. 이렇게 쉬운 걸 그동안 그렇게 어렵게 맛을 냈다고 말하는 엄마 표정은 뭐랄까, 홀가분하고 신기하고 어딘가 해방된 얼굴이었다. 엄마는 정육점 사장이 요즘 간 돼지고기가 그렇게 잘 팔린다고 했다며 전해주었다. 우리 엄마뿐 아니라 전국의 많은 엄마들이 그 비법을 손에 넣었다는 얘기였다.

독립하고 나서야 실감하게 된 가사노동의 어려움이란 어마어마한 것이었다. 나는 엄마가 대체 직장까지 다니면서, 우리 식구의 먹을 것과 입을 것을 챙기고, 집의 쾌적함을 어떻게 그 정도로 유지할 수 있었을까, 그 불가사의함에 대해 생각할 수밖에 없었다. 나에게 청소와 빨래와 요리란, 그런 일상을 운영해가기란 정말 글쓰기보다 수십 배 어렵다. 그러니 그런 만능간장이 있다면 당연히 손에 넣어야 한다. 무엇보다 노동량을 줄일 수 있고 완성된 요리의 맛 또한 좋다면 그 높은 효율을 마다할 이유가 없다.

하지만 엄마의 부엌에서 그 만능간장의 맛을 봤을 때 맛있다 맛없다와는 상관없는, 좀 과장하자면 어떤 상실감을 느꼈던 것은 분명하다. 그 달콤하고 짭짤하고 선명한 감칠맛은 그동안 엄마 손에서 맛봐왔던 음식들에서 나던 것과는 아주 달랐다. 엄마가 방송에서 소개한 그 비법들을 어디까지 적용할까 슬쩍 불안감이 들기도 했다. 들어보니 그 방송에서는 떡볶이에서부터 가지무침, 비빔국수, 닭볶음탕까지 거의 모든 요리에 관한 노하우가 쏟아진다고 했다.

몇 해 전만 해도 엄마는 온전히 기억과 경험에 의지해 요리했지만 이제 스마트폰을 사용하면서 궁금한 레시피는 나처럼 검색해서 정보를 얻는다. 이른바 '쿡방'이 늘면서 만능간장처럼 새로운 요리법을 방송을 통해 알게 되기도 한다. 이런 쿡방들에서는 전통적인 요리 프로그램과 달리 '빠르고' '쉽게' 만들 수 있다는 점을 내세우고(정해진 시간 안에 요리를 완성하는 경쟁을 벌이기도 한다) 유명 셰프나 무슨무슨 선생 같은 '공인된' 스펙이 유난히 강조된다.

엄마는 여름이면 찬물에 간장과 김치만으로 국수를 말아 내놓곤 하는데, 거기에는 엄마가 성장했던 시골에서의 경험이 들어가 있다. 엄마는 그때는 차디찬 우물물을 떠서 다른 것 다 필요 없이 그 찬물만으로 국수를 해먹었다고 이야기해주곤 했다. 색색의 고명도 없고 여러 가지 맛을 혼합한 양념도 없지만 그런 국수를 먹으면 아주 오래전의 그 시골 평상에 앉아 있는 기분이 들곤 했다. 나는 그 우물을 본 적도 없지만 두레박이 텅, 하면서 아래로 내려가 물을 퍼올리는 장면이 그려졌다. 맛이 불러내는 기억은 생생했고 더이상의 양념은 정말이지 필요하지 않았다.

그래서 엄마의 부엌이 다른 누군가의 것이 아니라 그저 엄마만의 레시피로 운용되기를 원하지만 그 말은 하지 않았다. 엄마가 그 효율에 기대 좀 쉴 수 있다면, 매체의 레시피를 따라 하면서 새로운 걸 알아가는 기쁨을 느낄 수 있다면 그것이야말로 돈 주고도 살 수 없는 비법이 아닌가 싶어서. 이왕이면 엄마가 셰프들의 요리 방송에도 관심을 가져서 외식을 하자고도 했으면 좋겠다. 생각해보니 엄마의 부엌이 그렇게 잠시 쉬고 있을 때가 많아져야 하는 시기가 된 것 같다.

그곳은

그곳에 관한 첫 기억은 메주가 달려 있는 서까래와 창호지가 발린 문이다. 잠이 들었다가 깼는데 어른들이 싸우고 있었고 누가 누구를 문으로 밀어서 와락 그것이 열리면서 마당이 보였는데, 거기에 또 많은 어른들이 모여 있었던 기억이. 일곱 살인가 여덟 살의 나는 방 한구석에서 졸다가 갑자기 펼쳐진 어른들의 드잡이에 놀라면서도 한편으로는 이 많은 사람들이 다 어디서 왔을까 궁금해하며 두려움과 호기심에 차서 마당을 구경했다. 명절이었는지, 할머니의 생신이었는지는 모르겠지만 그때 싸운 어른들은 큰외삼촌과 작은외삼촌이었다. 둘의 갈등의 중심에는 대처에 나가 공부할 수 있었던 큰외삼촌과 고향에 남아 노모와 함께 농사를 지어야 했던 작은외삼촌의 상황이 있었다.

도시에서 자란 나에게 그곳은 이상한 곳이었다. 뒤창을 열면 바로 산이었고 올라가면 온통 몸을 까슬까슬하게 하는 솔방울이나 낙엽 같은 것이 있는, 뭔가 미스터리하면서도 궁금증을 일게 하는 공간이었다. 엄마는 그곳에서 호랑이가 아이를 물고 가기도 했다는 이야기를 들려주었는데, 아무래도 호랑이가 있을 것 같지는 않았다. 대신 어딘가 걸어들어가면 다시 돌아올 수 없는 '미궁'이 있을 것 같은 공간이기는 했다. 선산에는 내가 얼굴을 본 적 없는 할아버지가 잠들어 있다고 했다. 엄마의 말에 따르면 할아버지는 정이 많았고 농사를 지었지만 선비나 다름없는 성품이라서 화 한 번 낸 적이 없다고 했다. 무뚝뚝했지만 엄마가 배가 아프다고 하면 손을 얹고 오랫동안 문질러주었던 할아버지. 사진에서는 갓을 쓰고 조그만 입을 아이처럼 깨물고 있는 할아버지. 할아버지가 농사짓던 산중턱의 밭은 이제 일하려는 사람이 없어 잡목들이 무성한 버려진 땅이 되었다고 엄마는 아쉬워했다. 하지만 그렇게 말할 수도 없는 게 엄마도 그런 시골이 싫어 도시로 나왔으니까.

여름이면 그곳에서 작은외삼촌이 농사지은 참외들이 박스째 올라온다. 참외 박스에는 외삼촌 이름과 외숙모 이름이 적혀 있었는데, 외삼촌 이름이 적힌 것이 더 상품上品이라는 사실이 재미있으면서도 아팠다. 물론 외숙모 이름이 적힌 박스에서도 배앓이만 하지 않는다면 양껏 먹고 싶을 정도의 다디단 참외들이 쏟아져나왔다.

하지만 나는 역시 엄마를 통해서, 아무리 말려도 절대 손에서 일을 놓지 않는 할머니가 비닐하우스에서 그 참외를 수확하다가 쓰러지기도 했다는 얘기를 들어서, 그 참외들이 그저 맛있는 과일로만 여겨지지 않았다. 그 달콤한 속살을 그 단맛을 맺기 위해 닿았을 수많은 가족들의 손을 떠올리게 했다. 검게 타고 거칠고 때론 도시로 나가지 못했다는 한을 참지 못해 창호지 문을 와락 부수고 어디론가 마구 달리기라도 해야 하는 손. 그러면 그런 아들을 다독이며 어서 돌아오라고 손짓해야 하는 손.

물론 시간이 지나자 외삼촌은 고향에 남아 농사를 맡게 된 것에 보상이라도 받듯 수입이 늘어 서까래가 있는 기와집을 헐고 양옥집을 짓고 차도 사고 아이들은 모두 도시로 유학을 보냈다. 명절과 집안 행사 때 도시의 형제들이 몰려왔다가 썰물처럼 빠져나가는 동안에도 오랫동안 한곳을 지킨 사람의 안정감으로 모두를 배웅해주었다. 할머니는 돌아가시기 몇 개월 전까지 평생을 그곳에서 사셨고 도시의 병원에서 임종 직전까지 그곳을 그리워하셨다. 그곳에 데려다달라고 사정하다가 그게 가능하지 않다는 걸 알고는 말문을 닫으셨고 끝내 돌아가지 못한 채 병원에서 삶을 마쳤다. 가끔 할머니에게 그곳은 어떤 숱한 기억들로 남았을까 상상한다. 한곳에서 칠십 년 넘게 산다는 것은 어떤 느낌이며 그곳에서 일곱의 아이들을 기른다는 것, 아예 거동을 하지 못할 때까지 여전히 논과 밭에서 일과를 보낸다는 것은 어떤 마음이었을까. 그러는 동안 할머니를 스쳤을 사람들과 고통과 어떤 냄새와 감촉과 어떤 기쁨들을 상상한다. 그곳이 안식이기에 할머니는 그렇게 그리워했을 테니까.

요즘 그곳의 사람들은 깃발과 확성기를 든다. 군청과 역광장을 다니며 그냥 우리를 내버려두라고, 여기에 그런 무기를 배치하지 말라고 호소한다. 뉴스를 들을 때마다 나는 외삼촌과 할머니, 그리고 내가 그곳을 오가며 보았던 모든 풍경들을 슬픔 속에서 떠올린다. 나의 할머니가 평생을 살다가 잠들어 있는 곳, 외삼촌과 외숙모의 노동으로 마침내 다디단 결실을 맺어낸 곳, 고향을 잃지 않으려는 사람들이 분노하며 광장으로 나오는 곳, 경상북도 성주군이다.

유이책보예용

평소에는 엄마가 주는 용돈을 사양하지만 오늘은 고맙다
고 받았다. 며칠째 힘든 마음에서 벗어나지 못하는 날, 이럴
때 생각나는 것이 바로 따뜻하고 쓰고 그러나 든든한 것, 한
약이다.

한약의 효용은 사람마다 다르고 체질에 따라 맞는 사람도
있고 그렇지 않은 경우도 있지만 나는 정기적으로 한의원에
간다. 소설쓰기가 불편한 자세로 앉아 있어야 하는 일이니까
침이나 물리치료를 위해서도 가고 기운이 없으면 체력 보충
을 위해서도 간다. 갈 때마다 한의사는 꿋꿋하게 운동을 강
조했다. 시범을 보이는 것은 물론이고 숙련된 조교의 도움이
필요할 때면 간호사분이 등장해 허벅지 근육을 키우는 방법

과 플랭크 동작을 가르치기도 했다.

어느 날은 안 되겠다 싶은지 내게 유튜브에서 자기가 인상 깊게 본 춤 채널을 권해주기도 했다. 젊고 유연한 유럽의 청년들이 하는 느리고 우아한 댄스였다. 춤이라니. 평소에도 냉소를 모자처럼 쓰고 다니고 마감 때면 더 기분이 가라앉는 내가 춤을 춘다니. 하지만 나는 한의사가 좋고 그를 신뢰하기 때문에 적어도 그 순간에는 그 춤동작을 유심히 들여다봤다. 집으로 돌아갈 때 그는 유튜브 채널의 주소를 종이에 적어 건넸다. 나는 그후로 오랫동안 메모를 지갑에 넣고 다녔다. 물론 그 주소를 타고 들어가 동영상을 보지는 않았고 그의 권유대로 춤을 출 여력도 없었지만 자기가 해야 하는 것 이상의 다정함을 보여준 그 느낌이 좋아서, 그 성의를 간직하고 싶었다.

마음이 힘든 오늘, 한의원을 예약했고 시간이 되자 진찰실로 들어갔다. 내가 신년에 겪은 부당한 일 때문에 잠을 자지 못하고 먹을 수가 없으며 감정이 통제되지 않는다고 하자 그는 조용히 듣고 있다가 사실은 자기도 누군가가 억울해지는 장면을 유독 견디지 못한다고 했다. 텔레비전을 보다가도 주인공이 그런 부당함에 빠져 있으면 나 못 보겠어! 하고 어려서부터 달아나곤 했다고.

 나는 머리가 귀밑까지 짧고 귀엽고 선한 인상을 한 그의 어린 시절을 상상했다. 어쩐지 단독주택 같은 장소가 떠올랐다. 가족들과 함께 텔레비전 드라마를 보고 있던 아이가 다른 사람들은 이제야 일이 벌어지는구나 기대중인 그 타이밍에 아앗! 하고 얼굴을 가리며 다른 방으로 달아나는 장면이었다. 어쩌면 누군가를 치료한다는 것은 그가 겪고 있을 어려움과 증세에 동화되고 공감한다는 것이니까, 어려서부터 그런 재능을 가졌던 사람이 여기 있구나 싶었다.

 반면 나는 갈등하는 장면을 잘 보지 못하는 사람이다. 눈앞에서 누가 싸우고 있거나 논쟁을 벌이고 있으면 슬그머니 피하며 채널을 돌린다. 그만큼 누군가와 누군가가 맞서는 긴장을 제대로 처리하지 못한다는 얘기일 것이다. 그런 상황에서 내게 부당한 일을 강요한 누군가들에게 맞설 일이 생기자 나로서는 용기를 낸 것이었다.

 내 얘기를 들은 한의사는 자기 역시 누군가에게 들은 것이라며 '유이책보예용'의 원칙을 알려주었다. 가수 중에 유이가 있으니까 그 이름으로 기억하면 더 쉬울 거라는 도움말도 주었다(하지만 나는 진찰을 하는 그 삼십 분 정도의 시간에도 까먹어 나갈 때쯤 다시 물었다). 그것은 잘못을 저지른 사

람이 해야 할 여섯 가지 행동에 관한 원칙이었다. 그러니까,

유감을 표시하고 왜 그랬는지
이유를 말하고 그것에 대한
책임을 지고
보상을 하고
예방을 약속하고
용서를 구한다.

그리고 우리는 그가 그렇게 행동했을 때 비로소 용서를 해야 한다는 것이었다. 그 여섯 가지 중 어느 하나라도 빠져 있다면 용서를 행할 수가 없다.

우리 대화의 마지막은 다시 먹는 일에 관한 것이었다. "식사는 잘하고 있어요?" 하고 그가 물었고, 스트레스를 풀어야한다며 간장게장에서 초밥까지 맛집들을 전전해온 나는 그러나 어쩐지 쓸쓸해져 "맛있는 건 많이 먹는데 영 입맛이 없어요" 하고 대답했다. 그는 내게 무엇보다 좋은 쌀을 사고 다양한 종류의 쌀과 잡곡을 사는 데 돈을 아끼지 말라고 했다. 현미나 수수 외에도 5분도미, 7분도미 같은 종류들까지. 그

렇게 해서 좋은 쌀로 밥을 지으면 묵은 김치를 들기름에 들들 볶는 것만으로도 충분한 식사가 되니까.

들기름에 볶은 김치와 아주 잘 지어진 밥, 상상만으로도 입맛이 도는 듯했다. 그건 억울한 사람들을 차마 보지 못하는 여자아이와, 갈등을 도무지 만들고 싶지 않은 또다른 아이가 만나서 한끼 먹기에 좋은 메뉴이기도 했고, 그렇게 같이 외워보는 유이책보예용 역시 모두를 어떻게든 지켜줄 것 같은 마법의 주문이었다.

우주에 있는 건 너무 외로워

세계적인 뮤지션 엘튼 존의 삶과 음악을 다룬 〈로켓맨〉(덱스터 플레처, 2019)은 이 위대한 음악가가 얼마나 많은 고독과 상처, 위기를 건너왔는가를 충분히 '느낄 수 있는' 영화다. 특히 유년 시절의 슬픔에 대해.

냉담하고 이기적인 부모와 함께 살아가는 아이에게는 매 순간이 마음이 베이는 순간이었고 그 원천적인 상실의 경험은 엘튼 존을 '특별한 감각'을 지닌 예술가로 만든다. 생각해보라, 가정이 세계의 전부인 아이에게 그 공간에서 일어나는 모든 일들은 어른보다 더 섬세한 감정의 파동을 남긴다. 부모가 함부로 내려놓는 물컵마저도 때론 아이들에게 문제적인 감정을 불러일으킬 수 있을 것이다. 부모는 아이가 놓인 세계를 만들어낸 장본인이며 아이는 그 대상에게 인정받고 사랑받고 싶어한다. 하지만 그것이 가능하지 않을 경우 세계에 대한 근원적인 불안을 갖는다. 어디에서도 나라는 존재는 포용되지 못하리라는 원천적인 불안과 슬픔, 하지만 삶을 살아가는 존재이기에 포기할 수 없는 사랑에 대한 갈구. 이 모든 것이 얼마나 예술가를 깊게 좌절시키고 그러나 기적처럼 예술이라는 세계가 그를 살려내는가를 영화는 그려낸다. 여기다 엘튼의 연대기를 위해 복원한 1970~80년대 음악과 의상, 무대와 엘튼 역을 맡은 태런 에저턴의 완벽한 연기는 이 영화가 엘튼 존에 대한 충분한 헌사가 되었으리라 생각하게 한다.

나는 〈로켓맨〉이 엘튼 존의 성취가 아니라 그의 마음의 물결을 따라 흘러간다는 점에 신선한 충격을 받았다. 영화라는 장르가 보여줄 수 있는 가장 필요하고 정확한 플롯을 만들어냈다는 생각 때문이었다. 그리고 그렇게 했을 때 비로소 약물과 술로 스스로를 파괴하면서도 음악이라는 예술에 투신했던, 그렇게 여러 번 무너지고 다시 일어서야 했던 엘튼 존을 깊이 이해할 수 있다.

영화는 여러 차례 엘튼의 얼굴을 클로즈업하며 지금 이 순간 상처에 반응하고 있는 예술가를 가까이 느끼게 해준다.

나는 영화를 보면서 여러 번 눈물을 흘렸지만 특히 이런 장면에서는 나도 모르게 두 손으로 얼굴을 가리고 그가 받았을 상처의 깊이에 공감하고 말았는데, 그건 바로 나중에 놀라운 성공을 한 엘튼이 오래전 헤어졌던 친부를 찾아갔을 때의 장면이다. 이미 친부는 가정을 꾸려 또다른 아이들이 있고 그들은 지극히 애들다운 말썽쟁이들로 자라고 있다. 자기가 그렇게 사랑을 원했던 아버지가 다른 존재들의 자애로운 아버지가 되어 있다는 사실 앞에서 엘튼은 마음이 무너지기 시작한다. 하지만 친부는 마치 그것이 엘튼에게 해줄 수 있는 최선의 격려라는 듯, 자신도 앨범을 샀다며 사인을 해줄 수 있느냐고 묻는다. 엘튼은 실망을 누르며 받아들고 '아빠에게'라고 쓰기 시작한다. 하지만 그때 친부는 아니, 아니야, 라고 하며 단어를 바꿔달라고 한다. 그가 원한 건 자신이 선물할 수 있게 지인의 이름을 적어달라는 것이었다. 아버지가 아닌 여느 팬들도 하는 요구였다.

그렇게 〈로켓맨〉은 아주 특별한 재능을 지닌 한 예술가의 삶에서, 우리 모두가 공유하고 있는 원천적인 슬픔과 고독, 그 극복에 대해 얘기하는 방향으로 나아간다. 그렇게 해서 이 천재적인 뮤지션이 왜 그토록 많은 이들의 사랑을 받았는지를 알 수 있게 만든다. "나는 로켓맨이야. 여기서 혼자 도

화선을 태우는 로켓맨. 화성은 아이를 키울 만한 장소가 되지 못해. 사실 지옥처럼 춥거든" 하고 말하는 〈로켓맨〉이라는 노래에 왜 이 우주의 외로운 아이들이 열광하였는지를, 그리하여 어른이 된 아이들이 눈물의 무게를 어떻게 견뎌냈는지를.

애완의 낮과 밤

그것을 처음 느낀 건 열한 살쯤의 어느 날이었다. 엄마가 점원으로 일하던 슈퍼마켓 앞에 작은 펫숍이 있었다. 정확히는 기억나지 않지만 금붕어들이 있고 곤충류도 있었다. 토끼도 있었을까? 그렇게 털이 복슬복슬한 것이 있었다면 분명 큰 관심을 보였을 텐데 기억에 없는 걸 보면 팔지 않았던 것 같다. 하지만 햄스터는 있었겠지, 아이들은 그 다람쥐처럼 생긴 작은 동물을 좋아하고 값싸니까.

나는 엄마가 보고 싶으면 슈퍼마켓을 시시때때로 찾아갔고 그때마다 펫숍을 그냥 지나치지 못했다. 그곳은 개방된 한 층에 모여 있는 상점들이 대개 그렇듯 칸막이로 구분되지도 않은 채 다른 가게들—그릇가게, 비디오가게, 우동집, 만

둣집 따위―과 함께 섞여 있었는데, 생각해보면 좀 이상한 구조였다. 물론 지금도 대형 마트에는 이구아나와 토끼와 금붕어 옆에 U자형 변기 커버라든가 라면이라든가 냉동식품들이 같이 진열되어 있고 밤 열시쯤이 되면 동물들이 자고 있어요, 라는 말과 함께 블라인드가 내려가지만. 하지만 그런 시간에도 매장에는 만원에 네 팩씩 하는 반찬이나 종류가 다른 것들끼리 묶어 할인 판매하는 베이커리의 빵들이 마지막 분투를 하고 있기 때문에 그 장면이 안락의 밤으로 보이지 않는 것은 사실이다. 그렇게 펫숍은 늘 처량하고 비극적인 데가 있지만 그래도 어렸을 때의 그곳에는 어떤 흥청거림과 호기로움 같은 것이 있긴 했다. 아파트 붐이 일어난 시기 도시 외곽에 건설한 대단지 아파트에서는, 그 지하 매장에서의 '애완'이라는 것은.

나는 펫숍에 자주 들러 구경했고 그중에서도 자라를 갖고 싶어했다. 그전부터 외로움을 많이 타는 아이였던 나는 이른 봄마다 병아리를 팔러 오는 노인들에게 속아 병아리를 사들이곤 했기 때문에 부모님은 아예 자라 같은 조용하고 행동반경이 한정적이며 성장하지 않는―적어도 병아리보다는― 동물을 사주어야겠다고 생각한 것 같다. 우리 부모님은 합리와 효율에 관심이 많았고 집안의 경제활동뿐 아니라 감정 교환에 있어서도 그러했기 때문에 사실 애착의 대상을 늘리기가 쉬운 일은 아니었다. 애완이라는 것은 뭔가 '잉여'가 있는 살림살이에서 가능하지 않은가. 그런데 부모님은 이제 막 아파트를 구입했을 뿐이고 대출금을 갚아야 했으며 그것을 위해 맞벌이까지 하고 있었으므로, 잉여라는, 어쩐지 발음마저도 유들유들하고 나른한 상황과는 거리가 멀었다. 하지만 나는 집요하게 졸랐고 마침내 펫숍으로 엄마와 함께 들어갔다.

그곳은 그동안 내가 애착의 대상을 만났던, 이른봄의 교문 앞과 사뭇 분위기가 달랐다. 노인들은 꽃샘추위를 피해 코르덴 점퍼나 스웨터 같은 걸 입고 자신들이 파는 것에 대한 자부심이나 애착 없이 마치 그것을 내다버리려는 사람처럼 시들하고 무덤덤하게 앉아 있었다. 이따금 병아리들이 옹기종기 모여 있는 상자 안을 손으로 휘저어 그것들이 아직 죽지 않고 살아 있음을 무심히 환기시킬 뿐이었다. 그러면 그 살아 있는 것들은 손동작과 온기에 놀라 작은 날개를 퍼드덕거리거나 너무 얇아서 눈동자의 검은빛을 그대로 통과시키는 눈꺼풀을 감았다 뜨며 가냘프게 울었고.

하지만 펫숍에는 백열등 아래 어항과 플라스틱 수초, 자갈과 물고기들, 그리고 내 목표물인 자라가 젊은 주인 부부에 의해 관리되고 있었다. 그들은 펫숍의 상품들에 대해 잘 알았고 그것이 가져올 애완의 효과에 대해 자신했다. 엄마는 잠깐 물고기 같은 것으로 종류를 바꿀까 하다가 녹조가 낄 수 있다는 충고에 자라로 결정했다. 그렇게 구입이 이루어지는 순간 내 심장은 미묘한 템포로 뛰기 시작했다. 그때 느꼈던 긴장과 흥분, 만족감과 동시에 찾아온 알 수 없는 허망함은 아주 뚜렷한 것이었다.

엄마는 내 손에 자라를 들려 보내며 다시 일터로 돌아갔고 나는 아파트가 있는 언덕으로 올랐다. 내 새롭고 낯선 애완의 대상을 담은 검은 봉투를 들고. 가는 동안 일상적인 풍경들을 지났다. 어느 불운한 아침이면 단속반이 들이닥쳐 산산이 부수어놓곤 하는 판자로 만든 무허가 노점들을. 거기서 돼지의 기다란 창자가 순대로 만들어져 썩썩썩 썰리고 국수가 삶아지는 것을. 트램펄린 위로 퐁퐁퐁 뛰어오를 때마다 어린아이들이 환희에 차 소리지르는 것을. 모두 내가 좋아하는 것들이라 지나면서 또다시 마음을 빼앗기는 그런 것들을. 그러자 내가 평소에 쉽게 매혹되었던 대상들과 다른 검은 봉투의 존재가 이물스럽게 느껴졌다.

그 이물스러움은 갑자기 생겨난 것이 아니라 익숙하고 일상적인 것이었다. 예를 들면 출근 준비를 하는 엄마가 머리를 서둘러 빗으며 다가오는 나를 무심히 밀칠 때 그 손길에

길 때면 여전히 자라들이, 생김새가 똑같아 어떤 것이 나와 하루의 낮과 밤을 함께했는지 도무지 분별할 수 없는 동일한 것들이 바글바글 모여 무언가를 경고하고 있었다. 앞으로도 그러한 애완의 낮과 밤이 무한히 되풀이될 것임을, 교문 밖의 노인들처럼 텅 빈 얼굴로, 다 늙은 사람의 것 같은 주름진 발을 움직여 투명한 표면을 붙들어가며.

어쨌든 오늘 즐거웠어요

첫 조카 준이가 세상에 나왔을 때 나는 뭔가 당황스러운 느낌이었다. 일단 그렇게 '새 사람'이 등장할 수 있다는 점이 경이로웠고 준이의 등장으로 가족 모두가 자신의 자리를 재정비해야 한다는 사실에 긴장을 느꼈다. 언니가 진통을 겪고 있다는 소식을 듣고 회사에서 안절부절못하다가 마침내 병원으로 달려갔을 때 언니는 용감하게도 자연분만에 성공하고 병실에 앉아 있었다. "야, 진짜 아퍼" 하고 허리에 손을 가져다대고 어기적어기적 걷는 언니는 전쟁에서 이기고 돌아온 잔 다르크, 영웅처럼 보였다. 어느 날은 늦은 밤 전화해, 지금 아기에게 가봤는데 운다고 억지로 공갈젖꼭지를 물려놓은 것 같다고, 너무 가슴 아프다고 울었다. 나는 언니가 정말 엄마가 되었구나 싶었다. 언니가 엄마가 되다니, 그러면 나도 이모가 되어야 하겠구나.

하지만 산후조리원을 나와 며칠 지나자 언니는 그 공갈젖꼭지가 정말 요긴한 '육아템'이라며 감탄했고 아주 적극적으로 애용했다. 나는 그 또한 엄마답다고 생각했다.

준이를 통해 알게 된 세상은 정말 경이로웠다. 일단 이모답게 선물 공세를 시작한 나는 초점책의 존재를 알게 되었고 대체 왜 이 갓난아기가 이 책만 가져다대면 자지러지게 웃는가 심각하게 고민했다. 도형과 선이 몇 개 그어진 그 페이지가 정말 그렇게 즐거운 내용인가. 빛과 명암만 구별할 수 있고 아직 사물을 정확히 볼 수 없는 준이에게는 그런 작은 변화가 무척이나 놀랍고 드라마틱하며 화려한 풍경의 연쇄였을 것이다. 전혀 예상할 수 없는, 가장 단순한 선의 변화에서 터지는 천진한 웃음. 나는 백일도 지나지 않아 준이의 세계에 완전히 빠져들고 말았다.

그후로 오랫동안 준이의 세계에서는 많은 질문들이 당도했다. 모든 대화를 왜요? 라고 잇는 긴 대화에 임하다보면 나조차도 정말 세상이 이렇게 생겨먹은 데는 필연적인 이유가 있는 건가 싶었다. 어느 날은 조기에 밀가루를 묻히고 있는 내게 "이모, 물고기 추울까봐 옷 입혀주는 거예요?" 하는 질문을 하기도 했다. 이모가, 혹은 세상이 조기에게 그렇게 관대하지 않다는 사실을 알려줘야 하는 순간, 나는 적어도 네 살이라면 이제 현실을 알아야 한다는 생각에 "아니, 먹으려고" 하고 짧고 간명하게 대답했다. 맛있게, 라고 덧붙여 아예 쐐기를 박았는지 아닌지는 잘 기억나지 않는다. 만약 그랬다면 그도 사랑에서 우러나온 말이었을 것이다.

어린 준이는 말을 너무 잘해서 우리를 놀라게 했는데, 나와 박물관을 다녀온 뒤에 앞자리에서 안전벨트를 직접 풀며 "이모, 어쨌든 오늘 하루 즐거웠어요" 하고 말하던 순간이 생생하다. 오늘의 즐거움을 그렇게 인사로 보답할 줄 아는 센스는 어디서 배웠을까.

이제 십대가 된 준이는 자기만의 세계가 갖춰져 더이상 내게 그 '왜요'의 대화법을 구사하지 않는다. 하지만 가끔씩 이런 질문들로 자신이 이모의 세계를 바라보고 있다는 사실을 상기시키는데, 몇 해 전 겨울처럼 "이모도 광장에 나갔어요?" 하고 갑자기 말을 걸거나, 내가 저작권 문제로 한 출판사와 갈등하고 있을 때 "이모 힘드시겠어요" 하고 문자메시지를 보내는 식이었다. 며칠째 잠을 자지 못한 나는 절대 혼자 있으면 안 된다는 동료들의 충고에 따라 겨우 외출한 참이었다. 머리도 감지 못해 몰골이 말이 아니라고 만나자는 사람에게 말하자 "저도 그렇게 나갈게요" 하는 답이 돌아와서 이상하게 울컥하던.

하지만 만나보니 나만 머리를 감지 않았고, 나만 화나고 환멸이 일고 두려운 감정의 얼룩들로 엉망이 된 상태였지만 혼자보다는 정말 나았다. 그렇게 네 시간 넘게 대화하고 돌아섰을 때 준이의 문자를 받았다. 하필이면 비가 와서 분위기가 더 을씨년스러운 거리에 혼자 남았을 때였다. 일 년 만이었다. 이제 사춘기에 들어선 준이는 만나면 그냥 잘 지낸다. 괜찮다. 대답만 공손히 하곤 했으니까. 그래도 전혀 서운하지는 않았다. 나도 사춘기 때 그랬기 때문에. 그건 잘 지내고 있다는 증거였으니까. 가깝거나 물러나 있거나 이모인 나의 세계와 준이의 세계는 적당히 맞닿아 있다고 나는 믿었다.

준이가 보낸 문자에는 이모가 자랑스럽다고 적혀 있었다. 나는 그 일을 엄마에게만 말했을 뿐 아무에게도 전하지 않았지만 준이는 기사를 다 봤다고 했다. 2014년 첫 책을 냈을 때 준이가 "이모가 꿈을 이뤄서 좋아요"라고 했던 말이 생각나서 마음이 더 무거워졌다. 준이의 응원으로 걸어온 끝에 내가 당도한 현재가 여기라는 것에. 어린 준이가 맞닥뜨렸던 그 끝없이 이상한, 하지만 포기할 수 없는 왜요— 하는 세계로 이번에는 내가 붙들려 간 것 같았다. 아니, 어쩌면 우리 모두는 거기에서 사실은 나온 적이 없는 걸까.

마음이 완전히 약해져 있던 나는 그 자랑스럽고 옳다는 응원을 응원으로 받아들이지 못하고, 한동안 거리에 서서 감정에 휩쓸리지 않으려 노력했다. 그랬다가는 정말 약한 모습을 보이게 될까봐. 다행히 감정은 곧 잦아들었고 나는 준이의 유일한 이모, 무서워할 준이를 예상 못하고 어두컴컴하고 괴성이 흘러나오는 공룡 테마파크로 데려가 결국 울리고 만 초보 이모, 글짓기 대회에서 상을 받아온 준이에게 안 돼, 작가가 되면 안 돼, 하고 다분히 자기 투사적인 반대를 하던 이모, 하지만 세상에 나온 그때부터 지금까지 할 수 있는 가장 간절한 기도를 해온 이모로 돌아가 어려운 일이 있으면 힘이 들어도 슬기롭게 헤쳐나가는 이모가 되겠다고 적어 보냈다. 그 말 뒤에 준이는 시크한 십대답게 짧은 인사도 없이 대화를 끝냈을 뿐이지만, 나는 그것이 준이에게 한 말이므로 가장 지키고 싶은 다짐이 되었다.

2부

소설 수업

개 건너 롸이터가 간다

　삼십 년 동안 한동네에 산다는 건 흔한 일은 아니다. 전 세계 도시를 넘나들며 자유롭게 주거지를 선택하는 신新노마드족이 늘고 있다는데 아장아장 걸을 때부터 지금까지 한동네라니! 솔직히 좀 지루하고 따분하다. 물론 내가 살고 있는 곳은 도시라 짓고 부수는 게 일상이지만 그것도 도심지에나 해당하는 일이다. 도시 변두리는 시골만큼이나 느릿느릿 변한다. 여기다 도심지 삶—전철, 백화점, 영화관 등—에 대한 동경까지 더해지면 그 지루함과 따분함은 상대적 박탈감으로 이어진다. 물론 동네가 예전 풍경 그대로인 것은 아니다. 닭집이 짜장면집으로 옷가게로 김밥집으로 죽집으로 휴대전화가게로, 저곳은 터가 안 좋은가 싶게 수시로 간판을 갈아

치운다.

척 보면 다 알 것 같은 우리 동네, 인천 서구가 오래전 '개
건너'라고 불렸다는 건 얼마 전에야 알았다. 지금은 동네 어
디에도 그 흔한 도랑 하나 없는 터라 의아했다. '건너'라는
단어도 흘려들을 수 없었는데 거기에 변두리, 외곽, 낙후라
는 뜻이 들어 있음을 단박에 눈치챘기 때문이다. 그래서 그
말을 해준 사람에게 왜냐고 묻는 대신 화제를 돌려버렸다.
항구를 끼고 있는 우리 동네에는 공장이 많은데 특히 가구공
장 단지가 가까이 있다. 밑동 잘린 나무들이 피라미드처럼
쌓여 있거나 엉성하게 포장된 합판들이 화물차에 실려 어디
론가 떠나는 건 흔한 풍경이다.

논밭과 야산이던 이 동네에 집들이 하나둘 는 건 산업화
시기였다. 일자리를 찾아 타지에서 올라온 노동자들이 공장
과 가까운, 그래서 집값도 싼 이곳에 자리잡았다. 목재공장
에 다녔던 우리 아버지도 그렇게 해서 흘러왔다. 동네에는
비슷한 직종에 종사하는 집들이 많았다. 내 친구들 대부분이
그 아들딸들이었다. 사택에 사는 정유공장네 애들은 우리와
별로 친하지 않았다. 사택 수영장으로 놀러가는 게 소원이었
던 우리로서는 애석한 일이었다.

우리 동네가 개 건너였다는 사실을 알았을 무렵, 나는 소

설 한 편을 완성 못해 괴로워하고 있었다. 멋들어지고 모던하며 충격적인데다가 아름답기까지 한 소설을 쓰고 싶었는데 너무나 당연하게도 힘에 부쳤다. 마감을 앞두고 있었지만 누가 부르면 얼른 달려나갔고 인터넷 포털 사이트에 오르는 시시콜콜한 기사들을 모두 정독했다. 그럴 땐 꼭 사소한 것들이 내 인생에서 엄청나게 중요한 듯 느껴진다. 우리 동네에 있었다는 그 '개'가 궁금해진 건 그런 맥락이었을 것이다.

찾아보니 그건 바닷물이 들어오고 나가던 갯골을 가리키는 거였다. 인천교라는 다리가 놓이기 전에는 나룻배가 사람들을 실어날랐을 만큼 폭이 넓고 깊었다고 했다. 천변에는 김포 사람들이 찾아올 만큼 큰 시장이 열렸다. 김포 사람들은 직접 재배한 채소를 팔고 인천 사람들은 공장에서 만든 생필품이나 해산물을 내놨다. 바닷물이 빠져나간 갯벌은 아이들 차지였다. 갯지렁이, 고둥, 조개, 바닷게, 지천이 놀거리였다. 밀물이면 망둥이를 낚으려는 사람들이 때맞춰 나타났다. 그 갯골 건너 북쪽이 우리 동네, 남쪽이 도심지였다. 도시 중심부에서 벗어난, 갯골 저편 동네여서 '개 건너'라 불렸던 거였다. 그러다 1980년대 중반, 엄청난 규모의 매립공사로 갯골은 메워졌다. 나중에는 흔적으로만 남아 있던 인천교까지 사라졌으니 내가 갯골을 기억 못하는 건 당연하다 싶었다. 그렇게 생각하면 삼십 년 터줏대감으로서 면목이 섰다.

이쯤 해서 그만두려던 추적을 이어간 건 아버지 때문이었다. 아버지도 갯골을 기억하고 있었다. 만조가 되면 화물선이 들어와 원목들을 부려놓았다는 거였다. 배는 원목을 뗏목으로 엮어 끌고 왔는데 그 광경은—적어도 아버지에게는—장관이었다고 했다. 화물선의 힘찬 엔진 소리도 그렇지만 뗏목 사이로 놀란 숭어들이 팔딱팔딱 뛰어오르는 광경도 선착장에 활기를 불어넣었다.

갯골로 시작한 우리 대화는 원목 종류에서 합판 생산과정, 가구 재고품의 처리과정까지 이어졌다. 그 얘기 소설로 한번 써볼까, 내가 불쑥 말하자 아버지는 더 의욕적이었다. 나중에 집으로 돌아가려는데 아버지가 광고지 한 장을 내밀었다. 광고지 이면에는 우리가 대화한 내용이 잘 정리되어 있었다. 소설로 써볼까 했던 말을 이미 잊고 있었던—왜냐면 앞에서 말했듯 나는 멋들어지고 모던하며 충격적인데다가 아름답기까지 한 소설을 쓰고 싶었으므로—나는 아버지의 수고 때문이라도 정말 한번 써야 하나, 진지하게 생각했다.

아버지가 그렇게 목재에 대해 장시간 말한 건 오랜만이었다. 평생을 목재와 함께 보냈지만 그만둘 때는 그 누구의 살가운 배웅도 없었음을 나는 알고 있었다. 책상으로 돌아와,

작업복을 칼처럼 다려입은 아버지가 선착장에 서 있는 장면을 상상했다. 계산해보니 얼추 지금의 내 나이였다. 공장 사람들이 뜰채며 양동이를 가지고 숭어를 잡겠다고 나서는 동안 아버지는 지켜만 봤을 거였다. 그 통에 작업이 늦어지지는 않을까 노심초사했을 테고 술자리에서도 간단히 입만 대고 잔업을 하러 갔겠지. 적어도 내가 아는 아버지는 그랬다.

그러자 기억 저편에서 아주 흐릿한, 하지만 분명 동네 어딘가를 흘렀던 물길이 생각났다. 폭이 꽤 되는 도랑이었는데 그걸 내려다보며 내가 쪼그리고 앉아 있었다. 그리고 그 뒤를 애들이 병풍처럼 둘러섰다. 그건 어렸을 때 누구나 한 번쯤 저질렀을 못된 짓 가운데 하나였다. 피아노 학원을 안 보내주는 엄마에 대한 나 나름의 복수였다고 할까?

그때 엄마는 근처 피아노 공장에서 일거리를 받아다 부업을 했다. 맑은 소리, 고운 소리, 이런 시엠송으로 유명했던 공장인데 아직도 우리 동네에 있다. 엄마는 나무토막에 붉은 펠트를 붙여 몇 개의 조각으로 잘라냈다. 그렇게 만든 조각들은 피아노의 나무 해머를 구성하는 부속품이 되었다. 피아노 건반을 누르면 이 나무 해머가 현을 두들겨 소리가 난다. 수십 개의 나무 해머들이 사실상 피아노의 핵심인 셈인데 외장판을 열지 않으면 그 움직임을 볼 수 없다. 엄마는 피아노 공장에서 제공한 작은 책상에 앉아 삭 삭 삭 삭, 칼질을 했다. 부업이 손에 익을수록 소리는 점점 빨라졌다. 그러면 아파트 입주라는 엄마의 원대한 꿈도 가까워지는 거였다.

그날도 아마 피아노 학원에 보내달라고 한바탕 떼를 쓴 뒤였을 거다. 엄마는 들은 체도 하지 않았고 집이 비어 있는 사이, 나는 가능한 한 많은 나뭇조각을 집어들고 길을 나섰다. 그렇게 해서 누군가에게 상처를 주겠다는 그 맹렬한 적의가 예닐곱 아이의 어디에서 나왔는지 모르겠다. "정말? 너 정말 그거 버릴 거야?" 누군가 물었고 시큰한 물내 때문인지 긴장해서인지 속이 메스꺼웠다. 마침내 나는 나뭇조각들을 도랑으로 던졌다. 애들이 와, 하고 소리치면서 서로 해보겠다 나섰지만 어림없었다. 다시 나뭇조각 한 움큼이 도랑으로 떨어졌다. 여전히 몸은 긴장한 채였지만 그것이 손에서 사라지는 순간, 비릿한 슬픔 같은 것이 빠져나갔다. 가질 수는 없지만 적어도 버릴 수 있는 자유가 어린 내게는 주어졌던 것이다.

그다음날, 아버지에게 우리 동네에도 도랑이 있었냐고 물었다. 아마도 엄마가 더 잘 기억하겠지만 그 일을 끄집어내면 아마도 내가 불리해질 테니까. 엄마는 꽤 난처한 입장이었을 것이다. 며칠 밤의 수고가 날아갔을 것은 뻔하고 재료

값을 물어내느라 아슬아슬한 칼질의 속도를 좀더 높였을지도 모른다. 아버지는 그 도랑이 하수구나 마찬가지였다고 했다. "하수구?" 나는 실망했다. 아버지에 따르면 그 도랑은 온갖 동네 쓰레기들을 가지고 피아노 공장을 지나 갯골까지 흘렀다. "근데 그런 건 쓰지 마라." "왜?" "뭐 좋은 일이라고."

　도랑이 어디쯤이었더라? 동네를 한 바퀴 돌아봤지만 기억나지 않았다. 운전을 해서 멀리까지 나가봤다. 피아노 공장을 지나 매립지에 들어선 공단까지. '수문통거리' '인천교입구' '모래방죽사거리' 같은 도로명에 갯골의 흔적이 남아 있었다. 내 손을 빠져나간 나뭇조각들이 여기까지 흘러왔으리라 생각하니 기분이 이상했다. 버려진 쓰레기들과 원목의 비늘 같은 나무껍질과 개 건너 사람들의 하루와 그 아이들의 내일과 함께 여기로. 그 가운데는 썰물을 따라 바다로 빠져나간 것들과 그러지 못하고 갯벌에 완전히 처박혀버린 것들이 있을 거였다. 그리고 후에 그 위를 아주 단단한 토사와 아스팔트가 덮었다. 그것이 아버지 말처럼 좋은 일인지 아닌지, 확신할 수는 없었다.

　도롯가에는 '침수 해소 공사'라는 푯말이 아주 의심스러운 것을 대하듯 한편으로 기울어져 있었다. 그러고 보니 매립지 주변은 내 기억으로만 십 년 넘게 공사중이었다. 비만 오면 차창까지 물이 튀어올라 그 지역 배수가 엉망이라는 것쯤은 알고 있었다. 선거철이면 잠깐 철수하지만 어느 틈엔가 슬그머니 굴착기가 돌아오고 다시 도로는 일차선만 열렸다. 그리고 아주 위험한 것을 경고하듯 붉은 조명등이 여러 개 걸렸다. 더 많은 돈을 쏟아붓더라도 왠지 이 길들은 영영 젖어 있을 것 같다는 생각이 들었다. 제대로 덮지 못해서가 아니라, 그것으로도 어떻게 할 수 없는 어떤 기억들이 저 밑바닥에서부터 차오르고 있기 때문에.

무사히 마감 날짜를 지켰지만 그 소설은 어쩐지 부끄러운 작품이 됐다. 사람들이 그 소설에 대해 말할 때마다—혹평이든 호평이든—투명인간이 되어 그 자리에서 사라지고 싶은 기분에 휩싸였다. 소설가라면 능수능란하게 다루어야 할 '픽션'이라는 공을 그 소설을 쓰는 동안 나는 번번이 놓쳤다. 하지만 이야기는 멈추지 않고 쏟아져나왔고 적어도 내가 개 건너 '롸이터writer'라는 사실은 덤덤히 받아들이게 됐다.

지금 우리 동네에는 다시 거대한 물길을 내는 공사가 진행중이다. 서해에서 김포를 지나 한강까지 배를 타고 한달음에 달려갈 수 있는 길이다. 이제 그 물길에는 누구의 어떤 욕망들이 갈 곳 없이 떠다닐까. 굴착기들은 무엇을 덮고 무엇을 퍼낼까.

어느 밤, 나는 동네를 걷다가 아무도 없음을 확인하고는 아스팔트 쪽으로 귀를 가져다댔다. 아주 짧은 순간, 저 아래에서 무슨 소리가 들리는 것 같았다. 나뭇조각들이 도랑으로 떨어지는 것 같은, 아이들이 물장구를 치는 것 같은, 화물선이 길게 기적을 울리는 것 같은. 하지만 그건 아주 잠시였고 나는 얼른 일어나 무릎을 탈탈 털었다.

우리가 친구는 아니잖아

어느 나라의 어느 도시에나 이동하려는 사람들을 실어나르는 택시 기사들이 있고 그들은 누구보다 빈번하게 타인들과 마주친다. 그런가 하면 그들은 핸들을 잡고 있다는 이유만으로 '택시'라는 공간의 주인이자 여정의 주도자가 된다. 여기에 한국의 경우, 남성 운전사와 여성 승객이라는 젠더 문제가 끼어들면 그 위계는 더 기이한 양상을 띠게 된다. 기혼자이며 아이가 없는 내 친구는 택시 운전사에게서 아이를 낳았는가 하는 질문을 종종 받는데, 그때마다 아들이 둘 있다고 대답한다. 사실대로 말할 경우 한국의 낮은 출산율에 대한 경고와 책임추궁을 듣다가 지쳐서 내리게 되기 때문이다. 물론 이것은 완전한 거짓말은 아니다. 그에게는 두 마리의 고양이가 있으니까.

외모에 대한 평가나 성희롱을 당하는 경우도 부지기수다. 지난해 내가 탄 택시의 운전사는 왜인지 모르지만 나를 '공주님'으로 칭했다. "공주님, 고속도로를 이용할까요?" "공주님, 잊은 건 없으신가요?" 내 돈을 내고 이용하는 택시에서마저 소비자로 대우받지 못하고 누군가의 공주가 되어야 하는 괴이한 상황. '우리가 그런 사이는 아니잖아?'라고 항의하기 위해 타이밍을 살펴야 하는 상황은 한국에서 이렇게 잦고 불시에 등장한다.

하지만 택시라는 공간은 사실 한국 사회의 축소판일 뿐이다. 여성에 대한 일상적 폭력과 혐오의 문제. 지금 한국 여성들은 그것을 폭로하고 논의의 장으로 이끌어내기 위해 분투중이다. 이 과정에 SNS를 기반으로 한 활동이 있고 IT 기술의 발전이 제공하는 상품의 다양화가 있다. 유엔 여성 기구의 조사 결과 트위터 등 SNS에서 '#미투'가 언급된 횟수는 한국이 세계에서 세번째로 많았고 이는 한국어 사용 인구를 고려할 때 압도적인 수치다. 몇 해 전부터 한 IT 회사에서는 택시를 앱으로 부르고 하차 후 서비스 품질을 평가할 수 있는 상품을 제공해왔고 이것이 성공하자 최근에는 개인 간 카풀 서비스를 도입하려다가 보류했다. 택시 운전사들의 강렬한 저항이 있었고 그 과정에서 안타깝게도 두 명의 택시 기사가 분신했기 때문이다.

택시 기사들의 파업은 사실 시민들에게 많은 지지를 받지는 못했다. 하지만 일자리를 잃는 것이 걱정된 노동자들이 거리로 나와 깃발을 든 광경은 초겨울의 날씨만큼이나 스산했다. 노동자에게 노동의 권리를 뺏는 것이야말로 잔혹한 행위라고 문학을 통해 배운 나는 그들이 잃게 될 생활의 존립 가능성에 대해 걱정하다가도 한국의 여성이라면 누구나 경험했을 그 부당한 대우를 떠올리며 모빌리티의 확장은 누구보다 여성들에게 이득이라는 쪽으로 마음을 정하곤 했다. 한 업체가 새로운 택시 서비스를 론칭했다는 정보를 입수한 것도 그 무렵이었다. 승합차 공유 시스템을 이용한 택시였는데, 우리는 여성인 지인들과 그 정보를 나누면서 '운전사가 말을 걸지 않는다'는 사실을 강조하곤 했다. 나는 그 서비스를 그렇게 칭찬하다가도 문득 그런 나를 섬뜩해하기도 했는데, 운전사가 아무 말도 하지 않고 묵묵히 운전만 하도록 강제하는 일이, 그렇게 그를 기능으로만 대하는 일이 그토록 내가 원하는 것이었나? 싶었기 때문이다.

내가 발표한 단편 「조중균의 세계」 「고양이는 어떻게 단련되는가」 「너무 한낮의 연애」, 장편 『경애의 마음』 등에도 실업의 위기에 처한 많은 이들이 등장한다. 그들은 성별과 세대가 서로 다르지만 동일한 위기를 맞은 사람들로서 감정적 유대를 느끼고 때론 연대하는데, 그 조우는 이상하게도 마지막까지 이어지지 않고 결국 각자가 자신들의 방식으로 극복해야 한다는 확인을 남긴 채 끝이 난다. 물론 개인으로서의 나는 자본이 인간을 다루는 방식에 분노하고 저항하고 싶다고 생각하지만 현실의 가장 냉엄한 기록물인 소설은 그러한 낙관의 결말을 쉽게 용인하지 않는다. 이는 나만이 아니라 현재 한국의 젊은 작가들이 세상을 바라보는 중요한 현실감각이다. 여기다 젠더 문제가 끼어든다면 상황은 더 복잡해지는데, 그것은 노동과 자본, 상품이 만나는 '시장'만의 문제가 아니라 우리의 '삶' 자체의 문제이기 때문이다. 삶이라니, 얼마나 총체적이고 근원적이며 불명확한 차원인가. 그러니까 택시 기사들의 파업에 동조하지 않는 수백 개의 트윗들을 확인하면서도, '말 걸지 않는' 운전기사의 특별한 서비스를 받으며 귀가하면서도 이것이 최선은 아니라는 감각이 남는 것이다.

택시 파업이 한창이던 지난겨울, 나는 인터뷰를 위해 서두르다가 평소와 달리 아날로그 방식으로 길에서 손짓을 해 택시를 탔다. 일흔이 가까워 보이는 남성 운전기사였다. 스튜

디오 주소를 알려주며 내비게이션을 작동해달라고 부탁하자, 내비게이션이 내장된 택시임에도 불구하고 들어주지 않았다. 그는 오히려 내 스마트폰의 내비게이션을 켜서 자기에게 길을 안내하라고 했는데, 하필이면 그때 스마트폰의 상태가 좋지 않아 그럴 수가 없었다. 내가 당황하는 사이 그는 이 차에 탄 모두가 그렇게 한다고 호통을 쳤다.

하는 수 없이 나는 일전에 가본 어렴풋한 기억을 바탕으로 택시를 안내했고 근처라고 생각되자 아무데서나 세웠다. 그러자 그는 길을 알면서도 왜 자신에게 내비게이션을 틀어달라고 했는가, 거기에는 어떤 의도가 있는가, 내릴 때까지 따져 물었다. '말 걸지 않는' 택시 서비스의 존재를 알게 된 건 바로 그날이었다. 인터뷰를 하면서 나는 여성인 기자에게 오는 길에 택시에서 겪었던 경험을 이야기했고, 내 당혹감에 공감한 그는 새로 론칭된 택시 서비스를 알려주었다.

그리고 우리는 앱을 통해 부르고 결제도 앱상에서 해서 기사와 주고받을 것이 정말 하나도 없는 그 새로운 택시로 함께 귀가했다. 우리는 이런 시스템이 생긴 데 만족스러워하면서, 그 만족감을 고취하기 위해서라도 낮의 불쾌한 경험에 대해 다시 분개할 수밖에 없었는데, 간간이 우리의 대화에 동의하던 운전기사가 어쩌면 그는 내비게이션을 작동할 줄 몰랐을지도 모른다고 말해주었다. 심지어는 문맹이었을 수도 있다고. 그런 나이든 기사들을 자신은 종종 본다고. 그것은 그 새로운 택시의 가장 큰 원칙인 '말 걸지 않는다'를 깬 행동이었지만 나는 불쾌하지 않았고 서비스 품질을 평가할 때도 그 위반을 문제삼지 않았다.

다만 나는 상상했다. 운전이라는 기술을 익히는 데 문자를 아는 정도가 중요하지 않았던 수십 년 전의 어느 날, 그가 포니나 스텔라 같은 차를 끌고 도로로 나왔을 한낮을, 운전면허증이 있다는 이유만으로 취업에 가산점이 붙기도 했던, 오로지 그의 기술이 빛났을 어느 한순간을, 그리고 문자를 읽고 손가락으로 선택하는 프로세스를 거쳐야 반응하는 새로운 기계들과, 그 새로운 기계를 익숙하게 손에 쥐고 뒷좌석에 앉아 의문을 보내고 있는 누군가의 시선을, 그것을 용납하고 싶지 않은 그의 강철처럼 단단한 자존심을.

아직도 이 도시에서 나는 '내가 당신의 친구는 아니잖아' 하는 방어선을 친 채 돌아다녀야 할 때가 많지만, 상상한 그 장면들이 스모그처럼 희뿌옇게 어떤 경계를 넘어 들어오는 것도 사실이다. 아직 우리는 친구도 뭣도—공주님은 더더욱!—아니지만 그래도 그 모호함과 미진함이 오히려 동기가 되어 뒷좌석에서 앞으로 옮겨가 앉아보고 싶은 것이다. 적어도 그에 대해 좀 알고는 싶어서, 우리의 관계란 세상의 택시 수만큼이나 다양한 경우의 수를 가지고 있을지도 모르니까.

여전히 배우는 날들

　지난주 304낭독회에 갔다. 매달 마지막 주 토요일에 열리는 304낭독회는 세월호 참사를 기억하려는 작가와 시민들의 행사로 이제 이 년이 다 되어간다. 낭독 책자를 챙기고 사람들을 기다리는데 한 청년이 강당 입구에서 여기가 낭독회장인가요? 물었다. 그렇다고 대답하면서도 나는 청년이 시각장애인이라는 사실을 깨닫지 못했다. 제가 앞이 보이지 않아서요, 라고 말하며 청년이 가만히 기다릴 때에야 들고 있는 접이식 스틱이 보였다. 어떻게 도와야 할까 잠시 당황하고 있는데, 소설가 B가 성큼 나서며 언니, 제가 안내할게요, 했고 청년의 손을 잡았다. 다행히 강당에는 계단 이외에도 경사진 길이 나 있어서 청년과 B는 그렇게 손을 붙들고 낭독회장으로 천천히 내려갈 수 있었다. 물론 누가 그 자리에 있었더라도 도왔겠지만 B가 조금의 머뭇거림 없이 재빨리 손을 내미는 장면은 어쩐지 내 마음을 흔들었다. 도와야 할 방법을 일부러 떠올려야 하는 것이 나라면, 그것이 몸에 배어 순식간에 나설 수 있는 것이 B였다.

작년 여행지에서 봤던 장면도 떠올랐다. 일본 하카타역 근처의 편의점 앞에서 일행을 기다리고 있었는데, 한 시각장애인이 앞서가는 청년의 어깨를 잡고 걸어왔다. 마치 어렸을 때 기차놀이를 하듯 걸음을 옮기며 그들은 웃었는데, 그 웃음이 너무 밝고 쾌활해서 나는 뭔가 좋은 일이 있는 일행인 줄 알았다. 하지만 편의점 앞에 서자 그들은 손을 흔들며 헤어졌고 이번에는 청년이 부른 편의점 직원이 어깨에 손을 얹고 시각장애인을 매장으로 안내했다. 적어도 그 순간에는 대도시의 삭막한 풍경이 좀 다르게 느껴졌는데, 막상 내가 그렇게 도와야 할 때는 왜 바로 생각나지 않았을까.

낭독회가 끝나자 경청하던 청년도 가방을 챙겼다. 나는 청년이 혼자 강당 입구까지 왔으니까 거기까지 안내할 생각을 하고 있었는데, 시인 J가 다가가 청년에게 도와드릴까요, 물었다. 어디까지 도와드리면 편하실까요? 라고. 나는 J의 태도에 좀 놀랐고 이내 부끄러워졌는데, 지하철역까지 함께 가줬으면 좋겠다고 청년이 조심스럽게 도움을 청했기 때문이었다. 그 말을 듣고 나서야 나는 강당 입구가 아니라 지하철역까지 함께 가줄 수 있다는 것, 그러면 청년이 더운 여름에 조금 덜 헤매게 된다는 것을 떠올렸다. 상대에게 필요한 것을 예단하지 않고, 내가 여기까지 해주겠다 미리 선 긋지 않는 선의. 그러한 선의가 필요한 순간 자연스럽게 배어나올 수 있는 것. 그것은 얼마나 당연하면서도 소중한가. 이러니 매 순간 배워나갈 수밖에 없다. 배울 수 있는 사람들이 여전히 곁에 있다는 것에 다행스러워하면서. 그런 마음들을 기꺼이 배우겠다 다짐해보면서.

연애 이야기를 듣는 밤

　지난 한 달만큼 연애에 대해 말하고 생각해야 했던 때가 있을까. 최근 출간한 책에 '연애'라는 단어가 들어가고 표제작이 옛 연인의 재회를 다루고 있어서인지 물어보는 사람들이 유독 많았다. 작품 속의 연애와 나의 연애 그리고 세상의 대체적인 연애에 대해. 이렇게 말하면 내가 연애에 대해 꽤 많이 아는 사람 같지만 사실 떠올려보면 즉흥적으로 사랑했다가 별안간 마음이 돌아섰다가 결국 뼈아픈 이별을 해야 하는. 우리 대부분이 겪는 일을 거쳐온 그런 '연애 젬병'에 불과했다.

　하지만 생각해보면 연애에 능수능란한 사람이 몇이나 되나. 그래서 소설에서의 연애란 대개 얼마나 처참하게 실패하는가를 다룰 뿐, 흥미진진한 연애의 성공담을 담아내는 데 주력하지는 않는다. 『보바리 부인』은 한 여자의 환상과 욕망 속에 깃들어 자신을 파괴해 들어가는 사랑의 속성을 무서울 정도로 정확하게 묘파하고, 『제인 에어』는 숱한 불행을 넘어서 마침내 두 눈이 멀어버리는 비극 앞에서야 완성되는 사랑의 고된 여정을 다룬다. 그런 사랑의 어려움은 시대가 지나도 변하지 않아서 누군가를 사랑한다는 것은 매번 우리의 한계를 넘는 일이다.

지난주 독자와의 만남을 준비하면서 참석하는 분들에게 옛 연애의 사연과 그때와 관련한 물건의 사진을 보내달라고 했다. 일종의 입장료인 셈이었는데, 그렇게 조건이 달리자 신청을 주저하는 분들이 많았다. 그런데도 그런 기획을 한 건 알고 싶었기 때문이었다. 독자와 작가로 만나서 내 이야기를 듣다가 돌아가는 분들도 고맙지만 한 번쯤은 그분들의 이야기를 듣고 그것에 관해 이야기하고 싶었다.

처음 세 명이었던 신청자들은 행사 직전에는 조금 더 늘어나 있었다. 그리고 사연과 사진이 도착했다. 남색 스웨터, 디지털카메라, 일기장, 주고받은 편지들…… 사진을 하나씩 열 때마다 마음 어딘가가 조금씩 흔들렸다. 내가 알지 못하는 곳에서 살고 사랑하고 이별하면서 소설을 통해 나를 알게 됐고 이제 같은 자리에서 만날 사람들이었다. 군중 속에 숨은 얼굴들이 아니라 자신의 이야기를 들려준 좀더 가까운 자리의 사람들이었다. 독자들이 좋아하는 문학작품으로 그러듯 나도 인상적인 문장들을 골라 옮겨 적어보았다. "눈이 내렸으면 좋겠다고 생각했던 11월 11일" "매번 잘 헤어져왔어요" "넌 정말 괜찮은 사람이라고" "미안하다는 말로 저를 놓아주었죠".

행사 자리에서는 누가 사연의 주인공인지 알려 하지 않은 채 그냥 이야기했다. 사연마다 익명 처리해주세요, 하는 당부가 적혀 있었기 때문이다. 자연스러운 일이었다. 나도 내 이야기를 하면서 '픽션'이라는 형식 뒤에 숨으니까.

그렇게 사연은 한 작가를 공유하고 있다는 점 이외에는 여전히 익명으로 남아 있는 사람들과 함께 이야기되었고 늦은 밤까지 계속됐다. 그리고 적어도 내게는 이러한 사실을 충분히 알 수 있는 시간이었다. 열심히 사랑하고 어렵게 이별했으며 또다시 사랑을 기다리지만 어쩌면 오지 않을 수도 있다는 두려움을 우리 모두 공유하고 있다는 사실을. 누구에게나 공평해서 다행이지만 한편으로는 그래서 아팠다. 그래도 그 사실을 확인하고 돌아가는 것만으로도 이미 마음의 온도는 조금 더 올라가 있지 않았을까. 그것이 기억이 가진 힘이고

누가 이야기하느냐와는 상관없이 모든 이야기가 가진 힘이
니까.

여행의 독법

세상에 존재하는 모든 아름다운 것들, 황홀한 것들, 사랑을 주고 싶은 것들을 가리키는 말은 언제나 부족하다. 그러니 나는 고민하게 되는 것이다. 아직 제발트를 만나지 못한 사람에게 이 위대하고 언제나 나를 압도하는 작가에 관해, 그를 향한 내 열망에 대해 설명하려면 어떤 말들이 동원되어야 하는지.

독일에서 출생해 영국에서 독문학을 가르치며 마흔넷의 나이로 작가가 된 그는 제발디언(제발트 문학에 열광하는 독자들)이라는 말을 탄생시키며 '위대한 거장'이라는 수전 손택의 찬사를 받았다. 『현기증. 감정들』『이민자들』『토성의 고리』『아우스터리츠』 같은 소설에서부터 시집 『자연을 따

라. 기초시』, 비평서인 『공중전과 문학』까지 제발트가 보여
주는 세계는 장르적으로도 다양하다. 그중 『현기증. 감정들』
(배수아 옮김, 문학동네, 2014)은 네 편의 연작으로 구성된
제발트의 첫 장편소설이다. 연작이라고는 하지만 이들 작품
의 연관성을 파악하기란 쉽지 않은데, 하나의 기미나 이미
지, 암시 같은 것으로 이어져 있기 때문이다. 마치 음악의 특
정한 모티프처럼 스탕달의 『사랑에 대하여』, 카프카의 단편
「사냥꾼 그라쿠스」와 이탈리아 여행기 같은 텍스트들이 변
주되면서 작품들 간의 연관성을 만들어낸다. 여기에 회화나
사진, 영화, 음악 같은 다른 장르의 텍스트들이 끼어들면서
작품은 무한한 깊이로 확장된다.

　만약 독법의 촉수가 좀더 예민하고 촘촘하다면 미학과 지
적 세계가 조응해 완벽한 우주를 만들고 있는 제발트의 작
품에 더 큰 희열을 느낄 수 있을 것이다. 하지만 그 모든 배
경지식들이 이 작품의 유일한 행로는 아니다. 「벨, 또는 사
랑에 대한 기묘한 사실」 「외국에서」 「K 박사의 리바 온천 여
행」 「귀향」으로 구성된 네 작품의 주인공들이 모두 여행자들
이며 그들이 그 여정에서 이질적인 세계와 부딪쳐 혼란해하
고 당황해하며 내면의 균열을 드러내고 있다는 사실만으로
도 또다른 독해의 준비는 충분하다. 우리가 떠났던 아주 짧

고 사소한 여행을 떠올려보기만 해도 어렵지 않게 제발트가 안내하는 세계의 형태를 파악할 수 있다.

그 세계는 여행자에게 불친절한 식당 주인과 여관의 카운터를 지키는 권태로운 여자가 있는 곳, 지킬 수 없는 사랑의 맹세들이 있고 그것에 대한 환멸이 있으며 나약하게 파멸해버린 인간들이 허름한 선술집의 간판처럼 어디든 내걸려 있는 곳, 여권을 잃어버려 자기 자신을 더이상 증명할 수 없는 여행지에서의 흔한 사고와, 그런 분실 없이도 매번 무력하게 미궁 속에 빠지는 것이 삶이라는 불안한 인식이 있는 공간이다. 우리가 어느 여행지의 알아들을 수 없는 언어들 사이에서 가만히 모국어로 어떤 친숙한 단어들을 떠올려볼 때 느껴지는 기이함, 이동중인 여행자들이 관찰하는 타인들의 일상 풍경—우둔하지만 자존심이 센 어린 아들과 그의 거칠 것 없는 아버지, 그리고 무력하게 탈출을 꿈꾸는 그 가족 속의 여자 같은—과 마주쳤을 때 지긋지긋한 환멸 속에서도 생겨나는 그리움에 대한 자각들. 삶 또한 긴 여정의 여행이라는 것을 생각해본다면 이 소설의 인물들은 예외적인 여행자들에서 더 확장된다. 그러니 제발트의 소설 속 주인공으로 빈번하게 여행자들이 선택되는 것은 우리의 삶의 형태가 그에 가깝기 때문일 것이다.

「벨, 또는 사랑에 대한 기묘한 사실」은 1800년 5월 나폴레옹의 알프스 원정에 참가했던 열일곱 청년 앙리 벨에 관한 이야기다. "열나흘 가까이 사람, 가축, 전쟁 장비 들이 끝이 보이지 않는 장대한 행렬을 지어" "해발 2500미터의 산마루에 도달하는" 이 여정에 나선 벨은 우리가 익히 아는 대작가 스탕달이다. 그가 여기서 획득하는 것은 모사와 실제의 차이에 대한 감각이다. 전쟁이라는 참혹한 고통 앞에서 벨은 "눈에 들어온 실제의 인상이 너무나 압도적이어서 추상적 이해력이 무너져내린 것 같다"고 회상한다.

그러한 위압감은 벨을 혼돈으로 몰아넣고, 이후 그는 이탈리아의 점령지에서 우연히 만난 오페라 가수에 대한 연모로, 동료의 정부인 안젤라에 대한 열정적인 숭배와 마침내 기혼자 메틸데에 대한 사랑으로 들뜬 방황을 계속한다. 하지만 "어딘가를 끝없이 떠돌며 여행하는 자인 그는" 사랑의 완성이라고 생각했던 지점에서 허무하게 사랑이 무너져버리는, 그래서 다만 실패한 사랑을 반추하고 기억하며 최종적으로는 문학적으로 기록하는 것 이외에 무엇도 할 수 없는 막막함에 이른다. 마치 우리가 오래전 누군가와 함께한 여행의 기억을 사진이나 물건 같은 것에서 길어올리듯, 그것이 환기하는 풍광과 정서에 그러한 과거의 시간에 대한 한줌의 실감이 있으리라 기대하면서.

연인과 함께 여행을 간 벨은 암염 광산에서 "이미 죽어버리기는 했지만 도리어 그 덕분에 수천 조각의 크리스털로 뒤덮인 나뭇가지"를 발견한다. 벨은 그렇게 소금 알갱이가 붙어 빛나는 나뭇가지야말로 "성장해가는 사랑의 알레고리"라고 여기지만 정작 연인은 그 황홀한 인식에 차갑기만 하다. 그리고 그 차가움의 결과였을까. 벨의 인생에서 연인들은 모두 떠나고 그는 매독 치료의 부작용으로 서서히 죽어간다. 여행지에서 본 아름다운 풍경을 모사한 그림들을 사지 말라는 그의 충고는 그래서 사랑했던 순간의 도저한 완결성을 지켜내려는 안간힘처럼 들리기도 하고, 흘러간 사랑의 시절을 어떤 식으로든 복기할 수 없음에 대한 냉담한 경고처럼 들리기도 한다. 그는 찰나의 감정이 지나간 뒤의 그것에 대한 모사들은 결국 "고유한 인상과 기억을" "완전히 파괴"하리라고 말한다.

제발트의 작품이 대부분 과거에 대한 복원—사진과 역사적 기록, 그림, 도표 등을 동원한—이라는 점에서 이것은 매우 의미심장하게 읽힌다. 죽어버린 것에 달라붙은 소금 알갱이들이 시간을 통과해 마침내 다이아몬드에 가까운 찬란함으로 그것을 빛나게 한다는 것. 벨이 사랑에 비유한 그것은 사실 제발트 소설에 대한 정확한 지시가 아닌가. 하지만 그렇다면 그러한 복원의 과정에서 모사에 따른 파괴는 어떻게 피할 수 있는가 하는 의문이 남는다. 혹은 제발트는 그것의 파괴는 어쩔 수 없는 것이고 ― 우리는 언제나 그리 근사하지도 않은 포즈로 여행지에서 사진을 찍고, 조야한 기념품들을 사고야 마니까 ― 파괴 이후에 남는 혼란과 감정들을 무수한 현기증 속에 남기는 것만이 삶에서 가능하다고 말하고 있는 것일까. 그러니까 카프카의 이탈리아 여정을 따라가며 진행되는 「K 박사의 리바 온천 여행」의 이러한 말들처럼.

적어도 우리가 눈을 뜨고 있는 한 행복의 근원은 자연이지 이미 오래전에 자연으로부터 유리된 우리의 육체가 아님을 알 수 있다. 하지만 어리석은 연인들은, 사랑에 빠지면 대부분 다 어리석어지기 마련인데, 아예 눈을 감아버리거나, 결과적으로는 마찬가지지만, 욕망으로 흐려진 눈을 찢어져라 크게 떠버리기 마련이다. (……) 일단 그런 강박에 사로잡히면 모든 것이, 인간이 영원히 붙들어놓고 싶어하는 사랑하는 사람의 형상조차도 허공에 산산이 흩어지고 만다.(150~151쪽)

제발트의 작품을 읽는 일이란 사실 매번 부스러지고 아득해지는 것이다. 기차를 타고 한 번도 가보지 않은 도시의 어느 플랫폼으로 흘러들어가야 하는 여행자처럼. 그런 이질감 속에 내려 걸으면 어느덧 아주 오래전 우리보다 먼저 이 생경하고 혼란스러운 삶을 견뎠던 누군가들이, 셀 수 없이 많은 누군가들이 따라붙으며 이야기한다. 나폴레옹과 함께 떠났던 여정에서 끔찍하게 많은 이들이 죽었던 설산의 풍경들에 대해, 그것이 갑작스럽게 불러일으켰던 성적 욕망과 그것이 가져온 성병과 수은중독에 대해, 엄마를 따라 병원에 갔던 어린 소년(제발트로 짐작되는)이 맞닥뜨렸던 책상에 엎드린 채 자살한 의사의 포즈에 대해. 그렇게 유령처럼 우리 곁을 서성이는 이들의 속삭임과 텅 빈 표정들이 "수없이 많은 밤과 낮의 꿈에서 끊임없이" 나타나는 것이 제발트 세계의 형상이다. 거기에는 기억도 불가능하고 온전한 이해도 가능하지 않은 상태에 대한 불분명한 지시가 있으며, 그런 현기증의 감정들 속에서 소용돌이치는 상태야말로 우리가 겨우 파악할 수 있는 생의 분명함이라는 전언이 있다.

모든 여행자들이 어찌되었든 집으로 돌아가는 것처럼 『현기증. 감정들』의 마지막에서도 자신의 고향 W를 찾아가는 제발트의 여정이 그려진다. 이미 아주 낯선 곳이 된 그 유년의 도시에서 제발트는 과거 그 마을에 살았던 어딘가 무기력하고 정신이 망가져 보이던 목수 페터 아저씨를 회상한다. 마차를 만들었던 그는 사이비 건축가 흉내를 내며 계단이나 물막잇둑을 짓겠다며 복잡한 설계 도면을 그리고 지우기를 반복했는데, 유일하게 실현된 것은 별을 볼 수 있는 유리 전망대였다.

아무도 찾아가지 않는 그 전망대에서 아저씨는 천체의 별, 아득하게 먼 곳에서 생과 멸의 순환에 대해 지시하고 있는 밤하늘의 별을 관찰한다. 그리고 자신이 본 것을 청색의 마분지에 그리고, 완성된 별자리들을 유리 전망대에 붙여나가기 시작한다. 그렇게 실제의 밤하늘을 대체하게 된 무능한 목수 페터 아저씨의 별 그림들. 그것은 인간의 근원적인 고독과 유한함, 미궁에 빠진 삶 앞에서 한없이 어리석고 나약한 인간이라는 존재, 그리고 예술 행위로서의 모사와 그 실제에 대한 풍부한 의문을 불러일으키며 우리를 이런 느닷없는 위안 속으로 안내한다.

마분지를 유리 전망대의 나무틀에 붙여놓으면 머리 위에서 별들이 반짝이는 천공이 펼쳐지는 모양이므로, 정말로 천체투영관 플라네타륨에 들어와 있다는 착각이 들 정도였다. (……) 그는 자신이 그린 천구좌표를 잘라 만든 망토를 걸치고 마을 인근을 여기저기 정처 없이 돌아다니며, 깊은 우물 밑바닥이든 높은 산꼭대기든 관계 없이, 그리고 설사 대낮이라 할지라도 별을 보는 것이 가능하다는 말을 하곤 했다.(190쪽)

W시의 원주민이 아니라 티롤 지방에서 옮겨와 은근한 이방인으로 살았던 페터 아저씨, 정신이 형편없이 망가졌다는 타인들의 판단 속에서도 자기 손으로 별자리를 완성하고 그것에 대해 사람들에게 귀띔하며 다녔다는 이 인물을 나는 여러 번 상상했다. 그의 모사의 시간들에 대해. 천체라는 완전한 세계에 대해 탐구하며 보냈을 좁은 유리 전망대와 거기서 나와 발길을 멈추지 않은 채, 언제든 별을 볼 수 있다고 속삭이는 사람의 말투와 표정 그리고 그 오래 걸어 부르텄을 발가락들에 대해. 그러면 점점 슬퍼지다가도 최종적으로는 담담해졌다. 그것은 아무리 환한 대낮이라도 우리가 생성한 방식으로 언제든 별을 볼 수 있다는 말 때문이기도 했지만, 결국 병원에 강제로 입원된 그가 하루 만에 그곳을 탈출해 완전히 실종되고 말았기 때문이기도 했다.

그는 나는 티롤로 돌아갑니다, 라고 쓴 쪽지만을 남겼다고 제발트는 적어둔다. 병원에 갇힌 채 맞아야 하는 죽음을 거부하고 그가 찾아갔을 티롤, 고향, 그리고 집에 대해 생각하면 그후 아무도 그를 본 사람이 없었다는 언급조차 아무런 불행이 되지 않는다. 그 실종의 귀착지는 다른 어떤 비극적 결말이 아니고 오로지 귀향이었으리라 믿게 되는 것이다. 그렇게 해서 집을 떠나온 자들은 모두 집으로 돌아갔으리라고.

물론 그렇게 해서 찾아간 집조차 이제 더이상 의미를 지니지 못하는 죽은 것들만이—수십 년 동안 방치해둔 물건들로만 가득한 제발트 생가의 다락방처럼—있더라도 우리는 가지에 달라붙는 작은 소금 알갱이처럼 견디며 어떤 아름다운 전화轉化를 기대할 수밖에 없다. 우리의 오랜 떠돎은 결국 무용하지 않았다고, 우리가 이동하는 동안 일어났던 수많은 현기증과 감정들이야말로 생의 가장 본질적인 것에 가깝다고 믿으면서.

소녀와의 슬픈 사랑을 끝낸 채 여행지를 떠나는 K 박사, 카프카는 "세상에서 가장 끔찍하고 소름 끼치는 두려움이 사랑의 두려움이지만" "그 두려움을 거두어주기 위해서는 어떤 종류의 사랑이라도 무조건 필요한 것"이라고 항변한다. 여기서 사랑이라는 단어는 생이라는 단어로도 훌륭히 대체

되어 읽힌다. 이렇듯 생의 불가해를 그 불가해함에 대한 사랑으로 읽어내는 것, 나는 그것 이외에 제발트를 읽는 것에 대한 환희를 더이상 지시할 수가 없다.

감만동

할머니가 비극적인 방법으로 세상을 떠나기를 선택한 1989년 이후로 오랫동안 아버지와 삼촌들, 그리고 부산은 두려움과 부끄러움, 금기 같은 이미지로 기억에 등장한다. 그런 은폐의 결을 띠게 된 건 거기에 '죽음'과 '죄책감'의 문제가 드리워져 있기 때문일 것이다. 학교에서 공부하고 있던 나를 선생님이 교무실로 불러 집에 가봐라, 라고 했던 순간을 기억한다. 그날 나는 좀 예민해져 있었는데, 전날 밤 부산에서 삼촌이 올라와 할머니를 인천으로 이주시키는 일에 대해 의논했기 때문이다. 명절날 부산에 내려가면 어떤 병인지는 알 수 없지만 어딘가 앓으며 우리를 건너보던 할머니. 나는 할머니와의 특별한 추억이 없지만 다만 목소리는 기억하는데, 그건 성별을 종잡을 수 없게 허스키하고 약간 무언가를 '긁는 듯한' 목소리였다. 그러면서도 아픈 사람 같지 않게 목소리에 힘이 있고 신경질적이기는 하지만 어떤 명랑한 톤을 가지고 있다고 생각했다. 그런 목소리로 누워서 내게 몇 마디 건넨 것 이외에 할머니에 대한 별다른 기억은 없다. 나머지는 그 비극적인 선택 이후 전해들은 것으로 무섭고 불길한, 어린 내가 이기기에는 쉽지 않은 이미지로 상상되었을 뿐이다.

그러니까 비극적인 선택을 하기 위해 옆집 소년에게 무언가를 사다달라고 부탁했다던가 하는.

나는 자신의 심부름 때문에 옆집 할머니가 세상을 떠났다는 사실을 알게 되었을 때 소년이 느꼈을 공포와 죄책감을 상상하곤 했다. 그러면 얼굴도 알지 못하는 그 소년이 가깝게 느껴졌고 깊은 동질감이 생겨났다. 나는 소년에게 네 잘못이 아니야, 라고 말해주는 장면을 끊임없이 상상했다. 지금 생각해보면 누가 내게 와서 해주기를 간절히 바랐던 말이기도 했다. 하지만 아무도 그렇게 말해주지 않았고, 그런 꼬마의 마음을 헤아릴 만한 겨를은 있지 않았고 모두들 조용히 그것에 대해 이야기하는 일을 멈췄다. 마치 문을 닫듯, 그 기억으로부터 숨었다.

아버지는 이후로 부산에 가지 않고 부산에 대해 잘 이야기하지 않았다. 명절이 다가올 때면 역 대합실에서 줄을 서서 기차표를 구하기 위해 애쓰던 아버지의 밤은 그날 이후 종료되었다. 벨벳 천의 좌석에 얼굴을 대고 지겨워서 몸을 비틀던 기차에서의 나의 밤도 문을 닫았다. 기차가 선 대전역에서 우동을 사 들고 올라오던 귀성객들의 검은 머리나 엄마가 아침부터 일어나 몇 개의 밑반찬으로 쌌던 도시락 같은 것들, 이동 과정에서 목격한 모든 장면들은 끝나고 우리는 더 이상 애써 찾아갈 곳도 봐야 할 사람들도 없는 것처럼 인천이라는 도시에 가만히 고였다. 그것은 고이는 것에 가까웠다고 생각한다. 흐르다 어떤 웅덩이 안에 빠져 응축되었다고.

우리 자매는 부모 말을 잘 듣는 편이었지만 스무 살이 된 언니가 가출하는 파란이 한 번 일어났다. 내가 고3이던 시절이었다. 공부를 잘했지만 상업고등학교를 가야 했던 언니는 취직을 하고 나서도 대학에 가고 싶어 그 당시 수백만원이던 사설 통신대학의 교재를 구입했고 부모가 혼을 내자 무단결근을 하고 사라져버렸다. 사흘 정도의 시간 동안 나는 울면서 언니의 무사 귀가를 바라는 내용의 음성 메시지를 삐삐에 남겼다. 야속하게도 언니는 답을 보내오지 않았다. 그리고 다시 집으로 돌아왔을 때 언니는 부산에 가 있었다고 했다.

"거기서 뭘 한 거야?"

"해운대에 앉아 있었어."

"앉아서 뭘 했어?"

"그냥 앉아 있었지."

그 사흘간의 가출 덕분에 언니는 보험회사 경리가 아니라 재수학원 등록생이 되었다. 언니는 도시락을 두 개씩 싸가지고 다니면서도 공부가 재미있다고 했고 나와 같은 학번의 대학생이 되었다. 언니가 일생일대 방황의 순간에 왜 해운대에 갔는지는 그뒤로도 이해가 가지 않았다. 나라면 그러지 않을 것 같았다. 그때까지도 내게 그곳은 상상만으로도 마음을 무겁게 눌러오는 죄책감의 도시, 해명할 수 없는 죽음이 있고 그것으로 산산조각난 아버지의 형제들과 친척들이 있는 도시였기 때문이다. 언니는 그냥 집에서 가장 먼 바다를 떠올렸다고 했다. 정말 말 그대로 모래밭에서 오래오래 앉아 있기만 했다고, 밀려오고 다시 밀려나가는, 무언가를 덮고 쓸고 아주 젖어들게 하는 파도를 보면서. 그렇게 패턴을 지닌 것들은 우리를 안정되게도 하는데 결국 그런 주기 안에서 모든 것이 나타났다가 사라지고 피었다가 어김없이 지고 말 것임을 예고하기 때문이다. 언니는 대학을 열심히 다녔다. 열심히 다녔는데도 이상하게 졸업하고 또다시 보험회사 경리가 되었다. 우리는 모든 것이 IMF 때문이라고 생각했다.

혼자서 부산에 간 건 등단한 해의 봄이었다. 마감을 못하던 어느 오후 집에 있다가 갑자기 일어나 기차표를 끊고 내려갔다. 너무 오랜만이라 언제 부산에 왔었는지도 기억나지 않을 정도였다. 나는 아주 긴장해 있었다. 그 도시에서 나를 알아볼 사람이 하나도 없는데도 그랬다. 그렇게 해서 내가 찾아간 곳도 해운대였고 숙소 체크인을 하면서 바다가 보이는 방을 달라고 하자 직원은 여기에는 어느 방도 바다 조망이 없어요, 라고 했다. 그의 태도가 좀 냉랭해서 나는 그것이 나의 낭만을 탓하는 듯 느껴졌다.

첫날은 바다를 보지 않은 채 거기에 바다가 있다는 것만 느끼며 잤다. 눈을 감고서 정작 우리 가족은 해운대와 관련해서 아무 추억이 없는데 어째서 해운대일까 생각했는데, 아버지가 부산에서 실직한 뒤 어느 해변에서 파라솔 장사를 했다는 말이 떠올랐다. 그때 태풍이 몰려와 백사장이 엉망이 되는 바람에 아버지의 파라솔은 제대로 펼쳐지지도 못한 채 여름을 마감했다고. 그런 불운이 없었더라면 화려하게 백사장을 채

웠을 그 파랑 노랑 빨강의 대형 파라솔들은 그때를 회상하는 엄마 말투가 좀 짓궂게 아버지의 무능을 탓하는 톤이라서 그랬는지 오래된 사진처럼 나름의 운치를 지닌 채 상상되었다. 그때 아버지가 서른넷 정도였겠구나 하는 생각과 함께.

아버지는 태풍이 지나고 나자 고향을 떠나 인천에서 일자리를 구하기로 결심했다.

다음날, 나는 부산 시내 어딘가에서 감만동 가는 버스를 발견하고 올라탔다. 내가 그 동네 이름과 번지수를 기억하는 건 본적지이기 때문이었다. 나는 어쩌면 그 집, 아픈 조모가 누워 지내고 어린 내가 여섯 시간 넘게 기차를 타고 가서 가닿으면 삼촌들이 각자 자기 가족들을 데리고 와서 내게 니 가새가 뭔지 아나, 하고 테스트하듯 묻던 그 집을 한번 볼 수 있으리라고 생각했다. 엄마는 그 집에 사철나무가 있어서 사철나무집이 어디냐고 물으면 동네 사람 누구나 알곤 했다지만 너무 먼 얘기였다. 그래도 그 집을 찾을 수 있으리라고 생각한 건 골목의 형태 때문이었다. 가다보면 가로막히는 T자형 골목 끝에 식료품점이 있었고 그 뒤로는 바다였으며 경사였다. 그리고 경사 길에서 뒤돌아보면 야트막한 산이 보였다. 학교 가기 싫은 아버지가 산에 가서 숨으면, 그 역시 고향에서 이른 나이에 부모를 다 잃고 모든 재산을 친척들에게 빼앗긴 채 홀로 부산으로 이주했다는 조부가 찾으러 왔다는 그곳.

동네는 재개발을 앞두고 있는지 곳곳에 현수막들이 내걸려 있었다. 나는 번지수를 확인해가며 동네를 돌고 돌았지만 그 번지수는 없다. 없었고 다만 신기하게도 그 주변에 들어선 중형 크기의 교회만 발견했을 뿐이었다. 나는 그 집이 없구나 하면서도 오후 내내 감만동을 떠나지 못하다가 언니에게 전화를 걸었다. 내가 약간 흥분한 채 우리 본적이 그게 맞지, 거기 교회가 있네, 교회가 있어, 라고 하자, 모르겠어, 라고 언니는 대답했다.

"너 어떻게 그런 걸 다 기억해? 난 다 잊어버려서 모르겠다, 애."

그날 언니 목소리는 명랑했다. 좀 감상에 젖은 나 자신이 어색했을 만큼, 어떤 기억은 거기에 멈춰 있는 자에 의해서 더 은폐되고 비극적이 되는 것일까 잠깐 생각할 만큼.

하지만 그날이 나를 위로한 건 사실이었다. 나는 종교가 없지만 그것이 인간의 죄 사함을 위한 길고 거룩한 여정의 서사라는 생각을 한다.

첫 장편소설의 출간 준비가 한창이던 5월, 나를 가장 신경

쓰이게 했던 일은 아버지가 이십여 년 넘게 가지 않던 부산에 가겠다고 나선 것이었다. 조부모 묘를 이장해야 하는데 아버지가 직접 오지 않으면 안 되었기 때문이다. 그 만남을 성사시키기 위한 삼촌들의 노력은 눈물겨운 것이었다. 아버지와 통화하기 위해 일 년간 끈질기게 노력했고 여의치 않자 내게도 전화를 걸었다. 삼촌은 자기가 해운대에서 가장 맛있는 족발집을 운영한다며 자랑하고는 이제 길을 지나다 만나도 못 알아보겠다며 탄식했다. 나는 감만동의 그 집을 지을 때 삼촌의 산재보험금이 거의 다 들어갔다는 얘기를 아버지를 통해 여러 번 들어 알고 있었다. 손가락과 한쪽 눈을 잃은 대가인 그 돈으로 처음 집이라는 것을 소유할 수 있었다는. 그리고 할머니의 죽음 이후 삼촌이 몇 년간 정처 없이 방황했다는 사실도, 들어서 알고 있었다. 삼촌은 언제 한번 꼭 족발을 먹으러 해운대에 올 것과 아버지와 자신들의 만남을 주선해줄 것을 당부했다. 그리고 전화를 끊을 때쯤 불쑥 그래, 니는 행복하제? 하고 물었다. 집으로 가는 차 안에 있던 나는 잠깐 말문이 막혔지만 그 대답할 수 없음을 지속하지는 않고 이내 그렇다고 말했다.

"행복해요. 행복하게 살고 있어요."

"그래, 안 행복할 게 뭐 있나, 맞제?"

최근에 나는 감만동에 대해 찾아보다가 '감만戡蠻'이 적蠻을 이긴다는 뜻임을 알게 되었다. 그리고 한동안 '이긴다'는 것에 대해 생각했다. 이긴다는 것은 동작을 지시하는 것일까, 상태를 가리키는 것일까. 이김의 동작은 오래가지 못하고 언젠가는 그치고 마니까 아무래도 상태일 수밖에 없는데, 그런 상태라는 것은 사실 타인과 원천적으로 공유할 수 없는 아주 개인적이고 내밀하며 오롯한 것이 아닌가. 그렇게 생각하면 오랜만에 동생들을 만나기 위해 기차를 탄 아버지의 봄이 생각나고 삼촌들이 묘에 놓기 위해 들고 온 빨갛고 노란 꽃다발이 생각난다. 결국 이장 비용에 대해 형제들이 합의하지 못해 묘는 계속 그곳에 두기로 했다는 조금은 허탈한 결론까지.

하지만 적어도 지금 나는 이 모든 것에 있어 우리가 이기지 못한 것은 없다고 믿게 되었다. 그것이 왜 어떻게 해서 그럴 수 있는가에 대해서는 앞으로도 얼마든지 소설로 쓸 수 있으리라고. 그것은 어쩌면 얼굴도 이름도 알지 못하지만 멀리서 감만동의 그 시절을 함께 통과한 소년이 읽게 될지도 모를 그런 이야기들일 거라고.

소설 수업

봄이 되면서 십오 년 만에 모교로 돌아갔다. 이번에는 학생이 아니라 가르치는 사람으로. 스무 명 남짓한 대학생들과 소설 수업을 시작한 것이다. 대학을 졸업하고 계속 인천에 있으면서도 학교에 가는 것을 일부러 피하던 시간들이 있었다. 약속이 학교 앞에서 잡히면 가고 싶지 않아 슬쩍 장소를 바꾸곤 했다. 학교에 갈 수 없을 만큼 어마어마한 일이 있었던 것은 아니고 뭐라고 요약하기 힘든, 하지만 분명하고 오래된 거부감이었다.

졸업 무렵의 학교는 뭔가를 얻은 곳이 아니라 잃은 곳이었다. 연애는 뜻대로 되지 않았고 준비도 부족한데 학교에서 나가야 하는 시간은 가까워졌다. 소설을 쓰고 싶었지만 결국 소설에 대해서는 아무것도 모르는 채 사회로 던져졌다. 어쩌면 패배감 같은 것이었을지도 모르겠다. 지금 생각하면 소설이란 충분한 경험이 필요한 것이고 그때는 너무나 많은 시간이 남아 있었는데, 모든 게 늦었다고 생각했다. 그러니 정확히 말하면 모교가 아니라 나의 이십대가 미웠다고 할 수 있을 것이다.

학교에 나가면서 그때의 나에 대해 떠올리게 된 건 장소뿐만 아니라 강의실에 앉아 있는 학생들 때문이었다. 거기에는 십오 년 전의 나와는 비교할 수 없을 정도로 세련되고 인상도 좋은 학생들이 앉아 있었지만 왠지 거기에는 내가, 여전한 불만과 불안을 견디지 못해 창백해져 있는 내가 앉아 있는 듯했다. 그러면서 대학 시절 문학 수업의 장면들, 내내 졸다가 갑자기 손을 번쩍 들어 "그러니까 우리는 나로서 '나임'을 찾는 동시에 '우리임'도 자각하며 살아야 하지 않겠습니까" 하던 선배의 모습이나, 문학은 약자를 위한 것이고 가장 가난한 자가 가장 선하다고 믿는다던 선생님의 모습을 떠올리는 것이다. 2011년에 우리 곁을 떠난 소설가 김용성 선생님이 그때 내게 그런 문학에 대해 가르쳐주신 분이었다. 선생님이 그렇게 말할 때 나는 분명 마음이 뛰었지만 그런 문학의 사명도 그 시절의 나를 완전히 구원하지는 못했다.

강의를 하면서 자꾸 오래전 나를 떠올리는 건 결국 수업 시간 동안 좋은 '선생'이지 못했다는 반증 아닐까. 나는 소설에 관해 무언가 선명하고 자신감 있는, 학생들이 소설을 쓰기 전에 가지고 있을 막연함을 걷어내줄 힘있는 말을 해주고 싶지만 그럴수록 문학이라는 것의 모호함, 불가해함에 대해 고백하며 수업을 마치고 만다. 대체 그런 건 전달이 되는 것일까, 회의하면서. 나는 분명 전달받았는데 그 전달받음의 세세한 과정은 삭제되고 전달받았음의 마음만 남아 있다. 말은 사라지고 마음만 남은 상태. 어쩌면 그것이야말로 충분히 정확하게 전달된 소설 수업의 형태일까.

　아무튼 스무 명의 학생들은 여름이 오기 전 모두들 한 편씩 소설을 쓰기로 약속했고 그중에는 태어나서 처음으로 소설을 쓴다는 학생들이 대부분이다. 소설을 쓴다는 것은 아무리 놀라운 상상과 설정과 허구 뒤에 숨는다 해도 결국 자기 역사를 만드는 것이다. 내면을 스스로 인화하는 과정이고 타인과 기꺼이 공유하는 것이다. 출석부 이름과 소속, 학번, 그리고 두터운 점퍼 안에 가려져 있던 그 마음이라는 것이 점점 따뜻해질 계절의 온도와 함께 전달되리라 생각하다보면 기대로 부푼다. 그러니 이렇게 학교로 돌아간 것은 나를 위해서도 잘된 일이 아닐까.

이제 나는 그 시절에 대해 전과는 좀 다른 생각을 할 것
같다.

그 방에서 울고 있는 누군가

오랫동안 내가 사랑해온 작가는 신경숙이다. 나는 대학에 가서야 『외딴방』(문학동네, 1995)을 읽었는데 지금과 달리 분권이 되어 있던 그 책을 붙들고 느꼈던 감동과 슬픔, 소설이라는 것에 대한 환희를 잊지 못한다. 그 책은 소설을 쓴다는 것에 대한 어떤 방향을 지시하고 있었는데 그것이 닿는 곳은 마음, 나 자신의 마음에 있었다. 그래서 그 소설은 당연히 이런 문장들로 시작한다.

이 글은 사실도 픽션도 아닌 그 중간쯤의 글이 될 것 같은 예감이다. 하지만 그걸 문학이라고 할 수 있을 것인지. 글쓰기를 생각해본다. 내게 글쓰기란 무엇인가? 하고.

소설은 내게 나 자신과 세계 사이에 존재하는 어떤 가냘프고 투명한 '막'에 대해서 알 수 있게 했다. 마치 목소리를 내는 방식처럼 그 막은 세계와 나의 움직임에 따라 진동하면서 글을 쓰게 하는데 대개 그것은 우는 소리를 닮았지만 실제로 눈물에 대한 감촉은 없다는 것. 그렇게 해서 글을 쓴다는 것은 무엇일까. 나의 고통에 대해서 쓰지만 그 고통의 완전한 주인은 될 수 없다는 것, 마음이나 기억처럼 실제로는 감각되지 않는 어떤 세계의 기척에 집중해야 한다는 것은.

그것은 주시注視이지만 몽글몽글한 어둠 속을 통과해서 보아야 하는 주시이고 그래서 어렵고 외로운 작업처럼 느껴졌다. 글을 쓰는 누군가는 자신의 방에 앉아 다른 누군가의 방들에 가닿으려 애쓰고, 그러는 동안 가발을 쓰고 학원강사를 해야 하는 공익근무요원은 공장을 다니는 여동생과 함께 사는 단칸방으로 매일 밤 지쳐서 돌아온다. 구로공단의 컨베이어 벨트 앞에서 소설을 읽는 '나'와 옥상에 올라 새하얀 빨래를 너는 희재 언니, 그리고 언니가 다시는 열고 나오지 않은 그 작은 방.

하지만 나는 이 소설이 하얀 날개를 펴고 날아가는 백로에 대해 이야기하며 끝이 났음을 기억한다. 갇혀 있지 않았음을. 그렇게 백로가 앉아 있는 광경을 실제로 본 건 내가 작가가 되고 나서 한참 뒤였다. 정선에서 차를 타고 달리다 만난 백로들은 내가 상상했던 것보다 더 도저한 아름다움을 뿜내면서 안개를 맞고 있었는데, 나는 그렇게 거리낄 것 없이 자유롭고 평화롭게 앉아 있는 새들 사이에서도 여전히 울고 있을 것 같은 사람들에 대해서 생각했다. 새들이 아니라 사람이 울고 있는 어딘가의 방들에 대해서.

제임스 조이스의 『더블린 사람들』(1914)을 들고 실제로 아일랜드의 더블린을 찾았을 때, 그곳은 6월이었지만 무척 추웠다. 두터운 옷이 없었던 나는 SPA 브랜드 매장으로 가서 싼값의 인조가죽 점퍼를 사 입고 거리를 걷다가 저녁이면 호텔방에 들어와 가만히 앉아 있었다. 아주 좁은 그 방은 네모나지 않고 약간 삼각형에 가까운 형태였는데 다행히 나무 창틀로 된 창이 하나 있었다. 그 창에서는 성당 건물과, 재봉틀로 무언가를 만드는 사람들이 있는 반지하의 내부가 보였고 침낭에 들어가 밤을 보내는 홈리스 한 명이 보였다. 홈리스 뒤편에는 이집트 유물들을 전시하는 박물관의 광고판이 서 있어서, 죽은 자들의 그 화려한 유품들과 홈리스의 몸을 감싸고 있는 합성섬유의 저급함에 대해 당연히 생각할 수밖에 없었다. 하지만 그것은 죽은 자들이고 저 홈리스는 지금 막 고개를 살짝 들고 횡단보도 쪽을 바라봤는데, 어떻게 보면 기적처럼.

여행에서 내 저녁의 일과란 그렇게 방안에 머물며 동일한 풍경들을 지켜보는 것이었다. 『더블린 사람들』의 많은 장면들이 그렇게 창을 통해 지켜본 누군가의 집이나 거리 같은 것들을 설명하며 쓰였다는 사실을 기억하면서. 「애러비」의 소년이 친구 맹건의 누나를 지켜볼 때 그랬고 「죽은 사람들」에서 그레타가 눈 내린 창밖 풍경을 바라보다가 열일곱 살에 죽어버린 자신의 연인, 가스 공장에 다녔던 가난한 소년을 떠올릴 때 그랬던 것처럼. 그리고 밤이면 홀로 여행하는 사람들이 으레 그렇듯 피로하고 고독에 지친 마음으로 『더블린 사람들』을 천천히 읽었다. 방의 바깥에서는 관광객이 되어 도시를 걸어다녔지만 다시 방안으로 들어오면 마치 내가 이렇게 멀리 와서 느끼고 있는 더블린이라는 도시가 마치 환영에 불과한 것처럼. 그 공간에 대한 감흥은 무섭게 상실되었다. 조이스가 말하고 있는 사람들은 죽었거나 죽어가고 있거나 이미 죽었으나 몸은 살아 있는, 유령의 정신과 갈구하는 몸을 가진 사람들이었다. 그러다보면 이들에 대해 읽는 것이란 사실 이렇게 멀리 오지 않아도 할 수 있는 일이 아니었을까 하는 회의가 잠깐씩 들었다.

그러다 고개를 들어 창밖을 보면 성당은 고요하고 반지하의 영세한 공장 불빛은 꺼졌는데 이따금 자동차가 지나갈 때마다 죽은듯 누워 있는 홈리스의 몸에 잠깐 환한 빛이 내려왔다가 다시 평평한 어둠으로 되돌아갔다. 혹시 우는가, 하며 창으로 바짝 붙어 귀기울여보면 그것은 저 바깥이 아니라 방안에 있는 사람이 내는 소리이고, 여기서, 소설에서, 내 기억에서 누군가가 우는 것이고.

3부

밤을 기록하는 밤

사랑하죠, 오늘도

　몇 년간 세상은 점점 나빠졌지만 내게는 역설적으로 좋은
사람들이 많아졌다. 나는 그들을 대부분 짝사랑하지만 가끔
은 참지 못하고 애정을 고백하기도 하는데, 그때 상대방이
그냥 인사치레로 여기거나 덕담쯤으로 받아넘길 때는 어쩔
수 없이 서운하다. 혹시나 그러한 애정에 다른 목적이 있으
리라 추측하지 않을까 근거 없이 걱정하기도 하는데 그러면
너무 매정하지 않은가, 하는 생각도 든다. 사랑은 우리에게
남은 최후의 보루, 최후의 온기인데 그런 것에까지 세상일이
란 게 다 그런 것이라는 식의 냉소를 퍼부으면 곤란하다. 그
런 냉소를 뒤집어쓰다보면 우리는 마음속까지 얼어버릴 것
이기 때문이다. 우리가 얼어버리면 한낮에도 우리는 아주 추

운 마음으로 걸어다닐 수밖에 없는데, 나는 그런 한낮을 원하지 않는다.

내가 원하는 한낮이란, 지금처럼,

별것 아닌 것으로 친구와 싸우는 아가씨가 있는 곳, 도로를 무단횡단해 노인들이 자기 갈 길을 그냥 가는 곳, 전혀 어울리지 않는 옷을 입히고는 정말 잘 어울린다고 말하는 점원이 있는 곳, 추운 골목에 서서 휴대전화에 대고 야, 관둬, 야 다 관둬, 하는 애인이 있는 곳.

오늘 한낮에 탄 버스에서는 한 남자가 허둥대며 자리에서 일어나 뛰다시피 벨을—그것은 이미 눌러져 있는데도—눌렀고 불안하고 황망한 얼굴로 그 짧은 순간에도 초조하게 주위를 살폈다. 남자가 버스 손잡이를 너무 꽉 잡고 카드 단말기 앞에 서 있는 바람에 나는 내릴 때 카드를 한번 더 찍지도 못했다. 남자는 정말이지 손잡이에 매달려 갑자기 닥친 불행에 휩쓸려나가지 않으려고 안간힘을 쓰는 것 같았다. 그것을 밀치고 카드를 찍는 것이란 남자를 어딘가로 떠밀어 보내는 일 같았고.

남자는 어딘가에 두고 온 물건 따위가 생각났을까. 아니면 이번 정류장에 꼭 내려야 만날 수 있는 어떤 얼굴이 생각났

나. 그런 거였으면 좋겠지만 실제로 우리 일상에서 일어나는 일들이란 그런 상상들과는 비교가 되지 않는 아주 날카롭고 차가운 것들, 이기기 힘든 것들, 지출해야 하거나 버텨야 하는 것들이다. 하지만 우리는 아직 얼어버리지 않았으니까 여전히 이런 한낮을 맞을 수 있다.

용서해주는 것, 서툴렀던 어제의 나와 그 사람에게 더이상 책임을 묻지 않는 것. 우리는 그런 어제 때문에 너무 많은 것을 잃고 고통을 겪었고 심지어 누군가는 여기에 없는 사람들이 되었지만 그건 우리의 체온이 어쩔 수 없이 조금 내려간, 하지만 완전히 얼지는 않았던 시절의 이야기다. 우리는 다시 돌아왔고 여전한 부끄러움을 느끼지만 힘들다면 잠시 시선을 비껴서 서로를 견뎌주는 것만으로도 많은 것을 되돌릴 수가 있다. 근데 그러면 어떻게 되는 거지? 우리가 서로를 견디며 왜냐고 묻는 대신 대화를 텅 비운 채 최선을 다해 아주 멀어지지만은 않는다면?

그런 말들이 차고 넘치는 하루하루가 아니었다면 이런 이야기를 쓰지는 않았을 것이다. 세상은 형편없이 나빠지는데 좋은 사람들, 자꾸 보고 싶은 얼굴들이 많아지는 것은 기쁘면서도 슬퍼지는 일이다. 그런 사람들을 사랑했다가 괜히 마

음으로 거리를 두었다가 여전한 호의를 숨기지 못해 돌아가
는 것은 나의 한계이기도 하지만 적어도 지금은 사랑하죠,
오늘도, 라고 말할 수 있다. 그리고 오늘은 채 끝나지도 않았
지, 라고.

그러니까 여전히 알 수 없는

편집자로 일하며 이십대 시절을 보낸 나는 도대체 좋은 책은 어떻게 만드는가, 우리는 출판 노동자로서 어떤 커리어를 쌓으며 살아가야 하는가, 내 손으로 베스트셀러를 탄생시킬 수 있겠는가 하는 고민을 해결하기 위해 한 단체에서 여는 출판 강의를 들었다. 정부에서 비용을 지원하고 일주일에 한 번 한 시간쯤 일찍 퇴근해야 하기 때문에 회사측의 배려가 필요한 자기계발의 시간이었다. 강사는 대부분 출판사 사장들이었고 듣는 이들은 나처럼 출판사 직원들이었는데 우리를 공통으로 감싸고 있던 그 나른한 오후의 활기 없는 분위기를 기억한다. 하기는 이미 잘 팔리는 책을 만들고 있었다면 굳이 그 자리에 와서 재교육을 받을 리가 없으니까 거기에 뜨거운 열의와 흥분이 있었다면 그것도 이상한 일이었을 것 같다. 처음의 결심과 달리 나 역시 그 공간의 이상한 무기력에 젖어들어갈 즈음, 강사로 나선 어느 출판사 사장이 그 뒤 내가 평생 잊지 못할 선언을 하나 했는데 그것은 "세상에는 이상한 삼천 명의 독자가 있어서 어떤 책을 만들든 팔리게 되어 있다"는 희한한 말이었다. 그때까지 초판 부수도 소화하지 못하는 일련의 기획을 해왔던 나는 그 말에 반신반의하면서도 귀가 점점 더 크게 열렸다.

오래된 일이라 맥락을 자세히 떠올릴 수는 없지만 내 기억에 그는 독자라는 대상을 그 개체를 하나하나 셀 수 없는 나비떼, 혹은 이 거대한 자본주의사회—하루에도 몇백 명씩 새로운 익명의 존재들을 끊임없이 마주치는—의 숨은 게릴라들쯤으로 묘사했던 것 같다. 가물가물한 기억을 더듬어보면 그가 정말 도무지 팔리지 않을 듯한, 진정 이런 책도 구입한다면 그건 좀 매우 이상하지 않나 싶은 책을 만들었는데도 시간이 걸리기는 했지만 삼천 권이 팔렸고 구매 독자의 전화까지 받았는데 그때까지 상상해보지 못한 연령대인데다 매우 특이한 감상평을 남겨 놀랐다고 말했기 때문이었다.

나는 그것이 무모한 낭만으로 가득찬 말이라고 여겼지만 그후로 책을 기획할 때마다 떠올린 것이 사실이었다. 물론 믿은 것은 아니었다. 그 무렵 출판계의 흔한 386이었던 그는 나머지 강의 시간을 1인 출판으로 시작한 자신이 어떻게 돈키호테식의 저돌적 도전으로 그 당시 유명했던 베스트셀러—뭔지는 밝힐 수 없다—를 만들었는가를 설명하는 데 할애했기 때문이었다. 그는 책에 자료 사진이 필요하면 편집자가 나가서 직접 찍어라, 필요하면 자기 자신이 사진 모델이 되어라, 하는 식으로 다분히 비용 절감 차원에서 편집자의 업무를 하염없이 늘리는, 늘리고 늘려서 대체 내가 이런 일까지 해야 하는가 하는 의문을 던질 틈도 없이 부연 안개처럼 야근과 격무가 노상 깔려 있는 출판사의 노동조건에 한껏 힘을 실어주는 말을 강조했다.

당시 그가 터뜨린 베스트셀러는 자기계발서였고 그것은 평소 습관이 당신 인생을 좌우한다는 식의, 아무리 깊은 밤이 되어도 막무가내로 또렷이 빛나는 신호등처럼 선명하고 단순한 메시지를 담고 있는 책이었는데, 그것을 전달받는 독자나 그것을 만드는 편집자의 노동에 대해서만은 경계 없음, 모호함, 낭만성 따위를 믿는다는 것이 씁쓸했다. 어느 날은 그의 말이 기만적으로 생각되었고 어느 날은 책이 지닌 물성을 간파한 선견지명으로도 여겨졌다. 아주 긍정적인 마음의 날에는 그것이 인생의 알 수 없음, 보이지 않음을 이야기하는 명언이라고도 여겼다. 그리고 아주 오랜 시간이 지나 내가 작가가 되었을 때 그 강의실에서 들었던 이야기를 한번 써보고 싶다고 생각했고 그 작품이 「오직 한 사람의 차지」다.

소설에서 '그'는 삼천 명의 이상한 독자들의 은혜를 받지 못한 채 '망해버리게' 된다. 하지만 나는 소설을 완성하고 나서 그가 출판에서는 망해도 인생에서는 망하지 않았으리라고 생각했다. 적어도 소설 속 '그'는 머릿속으로만 상상해오던, 어차피 불가해하고 실체를 헤아릴 수 없다고 여겼던 독자—'낸내'라는—를 실제로 만나 관계하고 일상을 공유하고 이런저런 일들에 직접 휘말리며 실감 있게 살아내기 때문이었다. 나는 그 '실감'이라는 것과, 책과 그것을 만드는 사람이 세상에 가져오는 흔들림에 대해서 상상했다.

작가가 되어 소설을 쓰고 내면서 독자들의 목소리를 듣곤 한다. 어느 날에는 인터넷을 스스로 검색해서 접하기도 하고 행사에서 만나 눈을 마주치며 듣기도 했는데, 그런 말들을 듣고 집으로 돌아가는 건 이상하게도 무척 고독하고 쓸쓸한 일이었다. 아무리 얼굴을 기억하려고 해도 이미 전철을 타는 순간 안타깝게도 독자들의 얼굴은 지워지고, 내 소설을 읽고 위안받고 웃고 눈물을 흘리고 때로는 너무 재미가 없어서 책값을 아까워하기도 했던 그들의 실체는 다 사라져 마치 꿈을 꾼 듯 허망해졌다. 그런 감정은 때론 깊어서 책을 내고 나면 우울한 사람이 되어 방에 틀어박히거나 어느 행사 자리에 앉아서도 도망가고 싶다—라는 마음에 빠지기도 했지만, 이제는 그렇게 영영 손에 잡히지 않는 독자의 존재야말로 나를 조용히 백지 앞에 앉아 있게 하는 조건이라는 생각을 한다.

물론 어느 밤, 고독하고 막막하게 앉아 있노라면 어떤 책을 내든 읽어줄 삼천 명의 독자가 있다는 달콤한 위안의 말이 야식의 유혹만큼이나 강렬하게 떠오르지만, 아쉽게도 그런 존재들에 대한 상상은 이상한 상실감을 동반하게 마련이라서 나는 그런 것 따위는 없다고, 키보드를 타닥타닥 치며 마음을 굳힐 수밖에 없다. 다만 이런 것에 대해서만 예민하게 감각하면서. 그러니까 숱한 명작들을 읽으며 맹렬히 질투해온 나라든가, 신간 매대에서 일주일을 버티지 못하고 사라져버린 수십 권의 책들을 편집해온 나라든가, 하지만 책의 정글 속에서 어쨌든 매일같이 서점을 들락거리면서 한정된 자원으로 탁월한 선택을 하는 독보적인 독자로 살아남고 싶어하는 나라든가 하는. 어떻게 보면 이십대와 삼십대를 책 언저리에서 보내면서 내가 얻은 답이란 어떤 글을 쓰든 읽어줄 그 자비심 가득한 독자란 외부의 삼천 명이 아니라 오직

나 자신밖에 없다는 사실 아닌가 하는 결론을 내리면서, 울적하게.

두 개의 태풍 너머에 있던 가을

모두 이 여름을 어떻게 보냈는지 모르겠다. 다행히 기온은 좀 내려가고 밤이면 바람이 불어 차분하게 우리를 덮는다. 올여름은 일도 많고 몸도 지쳐서 쉽지 않은 시간들이었다. 스트레스로 짧지만 병원 신세까지 져야 했으니까. 결국 휴식을 위해서 여행을 떠나보기도 했는데 나는 거기서도 태풍을 만났다.

제주에 갔을 때는 태풍 찬홈이 왔다. 티케팅을 기다리는 동안 과연 비행기가 뜰까 했지만 예정대로 이륙했고 제주로 향했다. 비행기는 무척 흔들렸고 갑자기 고도가 떨어져 승객들이 소리를 지르는 일도 있었다. 다섯 시간 같은 오십 분을 보내고 제주도 상공까지 왔는데 바람 때문에 착륙을 못해 뱅

글뱅글 돌았다. 몇몇 사람들이 속을 게워냈고 나도 멀미가 나서 신물을 삼켜야 했다.

비행기에서의 그런 고통도 다 늦은 밤 승용차를 몰고 한라산을 넘는 일에 비하면 아무것도 아니었다. 산간도로에는 가로등 하나 없었고 폭우와 나뭇가지들을 부러뜨리는 강풍 속에서 나는 가다가 멈추고 가다가 멈췄다. 어디가 길인지, 혹시 이 어둠은 낭떠러지와 이어져 있지 않은지 매 순간 두렵고 불안했다. 제주를 떠날 때까지 찬홈은 태풍의 움직임에 고스란히 노출된 바다란 얼마나 위압적인지를 보여주었다.

태풍 고니가 왔을 때는 일본의 규슈에 있었다. 하카타에서 기차로 두 시간쯤 달리면 유후인이라는 작은 온천 마을에 도착하는데, 거기서도 사십 분가량 더 들어가는 산장에 머물렀다. 이때도 태풍이 예보되어 있기는 했지만, 어디라도 가지 않으면 안 될 것 같은 절박한 심정으로 여행지를 찾을 때에는 적어도 규슈를 직접 통과할 전망까지는 나오지 않은 상황이었다. 하지만 방향을 틀어 규슈로 왔고 내가 산장에 도착하자마자 비가 쏟아지더니 밤이 되자 비바람이 거세어져 소리만으로도 잠을 이룰 수 없을 정도였다. 간신히 잠들었다가 새벽녘에 눈을 떠보니 숲의 나무들이 거의 'ㄱ'자로 꺾여 있었다. 규슈의 모든 JR 노선이 운행 정지되었다는 속보가 나왔다. 자동차가 부서지고 집들이 내려앉고 있었다.

잠을 못 잔 채 어쨌든 아침이 되어 밥을 먹는데 식당은 아주 고요했다. 마치 태풍을 처음 만나본 사람처럼 불안해하며 주인에게 "괜찮을까요?" 묻는 건 나뿐이었다. 친절했던 산장 주인은 번역기를 돌려 괜찮아요, 문제없어요, 하고 말해주었다. 괜찮아요, 문제없어요, 그 말을 듣자 마음은 좀 편안해졌다.

산장에서 내준 차를 타고 다시 유후인 시내로 가는데 태풍에 꺾인 나무들이 도로까지 쓰러져 있었다. 버티다가, 견뎌내다가, 결국 쓰러져버렸구나, 하는 생각이 들었다. 휴가지에 와서 내가 하려던 생각은 이런 암울한 것이 아니었는데, 결국은 우울해졌다. 그나마 그런 내 마음을 다독이는 건 운전사의 오오, 하는 웃음소리였다. 쓰러진 나무들을 갑작스럽게 만날 때마다 놀랐다는 듯, 그러나 이렇게 브레이크를 밟을 수 있어 다행이라는 듯 오오, 하고 경쾌하게 웃는 운전사의 목소리. 그 목소리에 기대 나는 태풍 고니를 통과했다.

운이 나빴을까? 여행에서 돌아와 가을을 맞고 있는 지금까지 종종 생각했다. 일은 감당하지 못할 정도로 힘들었고 몸도 아팠으며 쉬려고 떠난 여행에서는 태풍까지 만나야 했는데. 한동안은 운이 나빴다고 생각했지만 그런 손익계산은 부질없는 것 같다. 정작 태풍을 지나던 순간, 견딜 수 없을 것 같은 바람과 폭우에 노출되어 있던 그 순간에는 한고비 한고비 지날 때마다 다행이야, 이만하면 운이 좋았어, 라고 나 자신을 안심시키지 않았던가. 그러니 다 잊고 여름의 이런 것들만 기억해야지. 괜찮아, 문제없어, 오오!

밤을 기록하는 밤

어제는 눈이 온다고 하더니 비가 내렸다. 사실 오후에 일기예보를 들었을 때는 눈이 오지 않기를, 무언가가 낙하ㅡ하여야 한다면 차라리 비이기를 바랐다. 눈은 비보다 더 부피를 가져서 도시를 채울 때면 그것이 '있다'는 사실을 강하게 인식하게 되고 그래서 마음이 흩날린다. 눈이 도시를 채우고 채우는데 왜 마음은 흩날릴까. 그것이 강하게 도시를 덮어 전혀 다른 풍경으로 만드는 동안 도리어 내 마음이 풀풀 흩어진다는 건, 그렇게 어떤 부피를 상실해간다는 건 이상한 일이다. 그렇게 잃어버리는 나라는 것은 대체 어떤 것일까. 나는 누구일까, 내 안에는 무엇이 있는가.

요즘 나는 지독하게 그런 것에 대해 생각한다. 책상에 앉아서 빗소리를 듣는 밤, 백지상태의 모니터를 무기력하게 바라보면서 아무것도 적지 못하겠다고 생각했다. "그에게 '여지'라는 것은 중요했다"라고 원고에 적었고 그것이 글의 실마리가 될 것 같아 막 노트북을 켠 참인데 마음과 달리 손가락은 자판 위에 시무룩하게 올라가 있을 뿐이다.

첫 장편소설을 쓰고 있지만 쓸 수 있을 때보다 없을 때가 더 많다. 어느 밤에는 반드시 만나 이야기할 사람이 있어서 쓸 수가 없었다. 우리는 꽤 맛있는 안주를 앞에 두고 이야기를 나누었는데, 그때 나눈 이야기들은 모두 풀풀 날려 하나도 남지 않게 되었다. 실감이라는 것은 얼마나 무력한지, 계절이 좀 깊어졌을 뿐인데도 기억은 마치 장막 뒤의 무언가처럼 흐릿하고 멀다. 그 밤에 우리는 대체 무슨 이야기를 나누었을까. 나는 그것을 기억하고 가능하면 글로 기록해두기 위해 모든 것을 붙들고 싶지만 만나지 않는 밤이 되자 잊어ㅡ버렸다.

다만 어떤 길을 걸을 때면 거기에 예민한 촉수들이 달려 있는 듯 풍경들이 흔들리면서 무언가를 환기시킨다. 홍대 인근의 작은 술집들, 해장국집과 순댓국집, 자꾸 떠나는 사람들만 있던 버스 정류장, 동성의 연인과 키스하던 여자가 앉아 있던 공원의 벤치 같은 것이. 하지만 지금은 그런 풍경들이 환기하는 기억에 집중하거나 기록할 힘이 남아 있지 않아서 되도록 빨리 지나쳐 일상으로 돌아간다. 그러면서도 풍경들은 힘이 세고 적어도 내 마음처럼 빨리 변하지는 않으니까 기억의 책무를 풍경에 미루어두어도 되지 않을까 생각한다. 무기력하게 생각한다. 아프지도 슬프지도 그립지도 않게 마음이 조정되는 것에―혹은 그렇다고 착각하는 것에―허탈해하고 조소를 보내면서 생각한다. 그렇다면 대체 나는 왜 그렇게 아팠던가 하고.

　이 도시에 대해 쓰고 싶다는 생각이 든다. 물론 그전까지 소설에 서울이 등장하지 않은 건 아니다. 하지만 그럴 때의 서울은 뭐랄까, 거리낌없이 등장했고 그것을 다루는 집요함을 불러일으키지는 않았던 것 같다. 사람은 언제 집요해지냐면 그것이 마음속의 어떤 것과 결부되어 있을 때, 아니 다시 생각해보면 '결부'라는 표현으로는 모자라고 그것이 내면의 어떤 것을 건드려 '위협'할 때, 위협은 공포와 분노와 절박감과 동시에 아주 맹렬한 생의 의지를 불러일으키기도 하니까 최선을 다하게 된다. 그래서 이 시간과 풍경이 나를 어떻게 만들었는가, 무엇을 내 마음에 기록하였는가, 혹은 기록하려 하는가, 그렇다면 나는 기록할 것인가.

요 며칠 내가 다닌 곳은 대부분 아이러니하게도 이곳의 시민들에게는 이제 별 의미가 없는 공간들이었다. 남산타워나 63빌딩 같은 관광지들은 이미 중국인과 일본인처럼 이 도시의 주인이 아닌 사람들, 그래서 여정의 가운데 어떤 특별함을 인위적으로 동원해야 하는 사람들의 차지였다. 그런 장소들은 사실 버려진 듯 보였다. 누구에게? 그곳이 처음 조성되었을 때 그것을 특별하고 멋진 것, 여가를 보낼 만한 것, 즐거운 것, 기념할 만한 것, 흥성스럽고 새롭고 첨단인 것으로 받아들였던 시민들에게. 그렇게 마음이 옮겨간 자리에서 이국에서 온 사람들이 값을 지불하고 케이블카에 오르고 전망대를 보기 위해 엘리베이터를 타고 사진을 찍고 있는 것이었다.

나는 그 마음이 옮겨갔을 시간을 헤아려보았다. 엉뚱하게도 텔레비전의 멜로드라마에서 그런 장소들이 더이상 중요하게 다루어지지 않게 된 때가 언제인가 싶었는데, 1990년대 후반에서 2000년대로 넘어오면서가 아닐까 하는 생각이 들었다. 드라마에 '파리의 연인'이라든가, '커피프린스 1호점'이라든가 하는 제목이 붙어서 이국의 낭만성이나 홍대로 대표되는 세련된 젊음이 강조되던 시기에. 혹은 그 자리는 광장이 중심이 되면서 대체했는지도 모르겠다. 풍경을 소비하는 방식이 정적이고 수동적인 위락의 방식이 아니라 좀더 역

동적이고 메시지적인 참여의 방식으로 바뀌었는지도. 2002
년의 월드컵에서 촛불시위를 거쳐 오늘의 광장까지.

그러므로 그렇게 쇠락한 위락의 공간을 돌아다니는 일은
전혀 쓸쓸하지 않았다. 달라지는 것에 모두 안타까움을 지니
게 되지는 않는다. 오히려 상당한 것들이 변하거나 없어져버
리기를, 몰락하거나 폐쇄되기를 바라는 순간이 많으니까. 아
니, 나는 어쩌면 그러한 공간들이 주는 즐거움을 충분히 누
리고 있었는지도 모르겠다. 마치 어린아이로 돌아간 듯한 기
분이었다. 남산은, 63빌딩은 어쩌면 삼십 년 전 부모의 손을
잡고 소풍을 왔어야 하는 장소가 아닌가. 하지만 부모님은
그렇게 하지 않았고 나는 시간이 흐른 뒤에야, 그 위락의 시
설을 누렸던 시민들이 다 옮겨간 뒤에야 이국의 관광객들과
함께 오르게 된 것이었다.

그곳을 다녀온 다음에는 강의를 가거나 인근의 카페를 전
전하며 시간을 보냈다. 슬프게도 가장 멀리 나간 장소가 광
화문광장이었다. 백만이 넘는 사람들이 모였다가 흩어졌다
가 행진했다. 음악과 몸짓, 눈물과 웃음이 있었다. 높은 깃발
에는 이런 말들이 적혀 있어서 나를 웃게 했다. '자괴감 연구
회' '범깡총연대' '전국고양이노동조합' '혼자 온 사람들'. 이

런 깃발을 든 사람들이 세월호 유가족들의 천막을 지나 외국
인들이 늘 기념사진을 찍는 이순신 동상과 분수대를 지나 아
이를 잃은 어머니들이 대통령을 만나게 해달라며 땡볕에 앉
아 있던 청운동까지 걸었다. 누군가 박근혜는, 하고 선창하
면 하야하라, 라고 답해주었다. 그러면 지나가는 십대들이
다시 박근혜는, 하고 말을 걸었고 우리는 하야하라, 라고 응
답했다. '우리'라는 것은 거기에 있었다. 우리의 휴일과 우리
의 특별함, 우리의 새로운 위락과 기념, 흥성스러움은.

　광장에서 방으로 돌아와 혼자가 되면, 그랬던 우리가 또
갑자기 멀게 느껴지고 나는 누군가를 그리워하는 것에는 왜
어느 정도의 분노가 깃들 수밖에 없는가, 생각하며 앉아 있
곤 했다. 어쩌면 아무 글도 쓸 수 없을지 모른다고 생각했다.
하물며 지금껏 내가 써오던 것보다 더 긴 이야기, 더 오랜 시
간 말해주어야 하는 이야기라면 더더욱.

　눈이 올지도 모른다는 예보를 들은 날에도 아무것도 쓰지
못한 채 책상에 앉아 있었다. 하지만 다행히 눈 대신 비가 왔
고 빗소리는 점점 커졌고 나는 비가 '짙게' 내린다고 생각했
다. 창을 열어보니 정말 비는 짙어져 있었다. 휴대전화로 동
영상을 찍어두었는데 재생해보면 팔 초간의 그 영상에서 비

는 밤의 어떤 느낌을 아주 정확하고 뚜렷하게 만들며 내리고 있었다. 소리를 내어 낙하—하는 것이 소리 없이 낙하하는 눈보다 더 강렬하다고 생각했다. 연속되고 있음을 끊임없이 환기시키기 때문이다. 그 소리를 들으면서 나는 방 정리에 나서 쓰레기를 치우고 티셔츠와 양말들을 느닷없이 빨기 시작했다. 냉장고도 비웠다. 거기에는 다 먹지 못해 남은 것을 싸온 어느 날의 샌드위치가 푸릇하고 붉은 곰팡이가 핀 채 보관되어 있었다. 작업이 계속될 밤을 대비해 미리 사다놓은 간식거리들도 다 버렸다. 만두와 식빵이, 또다른 빵과 빵들이 버려졌다. 치워지고 없어졌다.

하지만 그러는 동안에도 비는 그 연속성을 버리지 않고 계속 내렸는데 그렇다고 일정한 간격을 유지한 채 기계적으로 되풀이되었던 것은 아니다. 어느 순간에는 더 강하게 연속됐고 어느 틈엔가는 뒷걸음질치듯 잦아졌다. 마치 살아 있는 것처럼. 하기는 살아 있는 것이었다. 그것은 움직이고 반복되며, 소리를 내면서 이 밤을 특별하게 만들고 있었다. 고무장갑이 없어서 맨손으로 빨래를 한 내가 손에 따끔따끔한 통증을 느끼며 다시 책상으로 돌아올 때까지, 그렇게 살아 있는 듯 연속되면서.

그에게 '여지'라는 것은 중요했다.

이 문장 뒤에 어떤 문장을 이어 쓸 수 있을지 모르겠다. 하지만 다행인 건 며칠 전의 그 비 오는 밤을 지나면서 시간에 대해 다시 생각해보게 됐다는 점이다. 소설의 시간이라는 것은 어떠한 방식으로든 종결을 피하거나 지연시키면서 견뎌야 이야기가 된다. 연속에 대한 신뢰가 있지 않으면 불가능한 것이다. 그러면 신뢰는 어떻게 오는가 생각해보면—적어도 내 경우에는—예측 가능한 것이 반복되면서 오지는 않았다. 버틴다는 감각도 없이 그저 사라지지 않으려고 애쓰는 동안 의외의 것에서 삶은 동력을 얻고 이어지며 종결을 피한다. 마치 그날 눈이 예보되었는데도 특별하게 비가 내려 아직 그렇게 춥지는 않음을, 그 추운 것이 흩날려 마음이 텅 비어가게 하지는 않으리라 말해주었던 것처럼. 무력하게 앉아 있던 내가 일어나 내일 입어야 할 옷가지들을 간신히 예비해두었던 것처럼.

덩그러니 쓰인 한 문장은 그 하나 이외에 언제라도 연속될 문장들이 있음을 지시하지 않는가. 그렇다면 나도 계속 쓸 수 있지 않을까.

어떤 밤과 어떤 밤들은 서로 이어진다. 내가 좀더 정확하게 기록하고 싶은 것은 그러니까 그날의 밤들이 어떻게 이어져 있는가다. 현실에서 종결된 관계, 그렇게 해서 더이상 곁에 없는 사람과 사람은 어디에서 만나는지 궁금하다. 거기에는 전혀 예상하지 못한 것이 있어 현실의 부재를 뛰어넘어 이어질 '여지'가 있는지 알고 싶다. 지금 광장에서 목도하고 있는 촛불의 행렬이 내가 기억하는 그 촛불들—2004년의 그것—과 이어져 있는가에 대해서도 정확해지고 싶다. 그렇게 해서 오래전 일별한 듯한 우리가 사실은 그리 멀리 있지는 않음을 확인한다면 나는 어떠한 열패감도 투사하지 않은 채 이 계절의 풍경을 기록할 수 있을 것 같다. 그러면 사람들이 어디로 옮겨가든, 조용하든 시끄럽든 '너'가 있든 없든 삶은 나쁘지 않게 연속될 것이다. 내가 이 계절에 겪은 밤들은 어떤 동일한 상태를 지시하고 있다. 적어도 지금은 내가 알지 못하지만 분명히 거기에 있는 상태를.

오늘은 비도 눈도 오지 않는, 햇살만이 떨어지는 오후다. 밤이 오기 전에 나는 광장으로 나갔다가 밤이 시작된 후에 다시 방으로 돌아갈 것이다. 그렇게 목격하고 온 것에 대해 정작 아무것도 쓰지 못할 수도 있지만 아직 채 밖으로 나오지 않은 어떤 문장들을 담은 채 견딜 수는 있을 것이다. 그렇게 해서 밤을 기록하는 밤이 될 것이다.

너를 만났지, 나 혼자로는 부족할까봐

이렇게 말하면 낯뜨거운 일이 되겠지만 요즘 내가 심각하게 하는 고민은—나를 포함해—이토록 다정한 사람들의 오갈 데 없는 다정함을 어떻게 할 것인가, 이다. 그런 고민은 친구들의 연애 실패담과 결혼생활의 고충을 들으며 시작되었는데 그러고 보니 내 경험으로 돌아봐도 사랑이란, 연애란, 그리고 결혼이란 어딘가 수탈의 느낌을 지울 수 없지 않은가 하는 결론에 이르렀다. 그렇다면 대체 무엇이 우리를 그 수탈에 자발적으로 참여하게 하는가 생각해보니 다정多情이 병이었다.

〈매기스 플랜〉(리베카 밀러, 2015)에도 그렇게 해서 곤란에 빠지는 여자 매기(그레타 거위그 분)가 등장한다. 대학에서 예술 비즈니스 강사로 일하는 매기는 이름이 비슷해 잘못 입금된 강사료 때문에 행정과에 갔다가 인류학 강사인 존(이 선 호크 분)을 만난다. 그뒤 공원에서 조우한 둘은 대화를 나누게 되고 존이 매기에게 자신의 소설 원고를 읽어달라고 부탁하면서 둘은 친구에서 연인으로, 가족으로 관계가 급진전한다. 여기서 문제는 존에게는 두 명의 아이와 인류학 분야에서 존보다 훨씬 더 나은 학문적 성취를 이룬 아내 조젯(줄리앤 무어 분)이 있고, 매기에게는 친구의 정자를 기증─말 그대로 육체적 접촉 없는 정자의 제공─받아 아이를 낳고 싶은 '플랜'이 있다는 것이다. 하지만 매기의 플랜을 실행한 그날 밤 공교롭게도 아내와의 갈등으로 상처투성이가 된 존이 찾아와 가련하고 슬픈 몸짓으로 구원을 요청하고 매기는 그것을 받아들여 존과의 결혼생활을 시작한다. 매기의 인생에서 전혀 계획되지 않은 일이었지만 무릇 모든 사랑이 그러하듯 그런 우발적이고 우연한 것에 기꺼이 자기 자신을 내준 것이었다. 매기는 더할 나위 없이 다정한 사람이니까.

결혼을 하면서 본격적으로 소설 창작에만 몰두하게 된 존은 생활비는 물론이고 육아와 가사까지 모두 이 다정한 매기에게 기대게 된다. 싱글 맘이었던 엄마에게서 충실한 사랑을 받으며 성장한 매기는 존과 조젯의 아이들까지 열심히 챙기며 살아가지만 결국에는 더이상 이 다정함의 착취 아래 순응할 수 없음을, 자신을 인내하게 했던 사랑이라는 동력이 사라졌음을 깨닫게 된다. 존은 자기 연민과 욕망에 충실한 나약하고 이기적인 인물로 그려지지만 그 역시 누군가를 살피고 돌보는 마음을 가지고는 있는데, 그 대상은 아이로니컬하게도 자신이 외도로 상처를 준 조젯이다. 신경병적이고 예민하며 냉혹하기까지 한 조젯의 평온을 위해 존은 하루에도 서너 차례 통화를 하는, 조젯을 달래기 위해 중요한 미팅도 취소해버리는 끈끈한 동반자적 관계를 유지한다.

그런데 역설적인 건 그렇게 조젯에게 연연해하는 바로 그 순간에야 존이 가장 독립적인 인간으로 보인다는 점이다. 몇년 동안이나 지지부진했던 소설에서 벗어나 전공분야인 인류학으로 돌아갈 때, 캐나다 퀘벡에서 열린 세미나에서 조우했다가 산에서 길을 잃고 공포에 떠는 조젯을 따뜻하게 달래줄 때 비로소 존은 그의 인생과 성취에 걸맞은 존이 된다.

마치 반사판의 거울처럼 우리의 마음이 타인에게 어떻게 가닿느냐에 따라서 우리가 규정되는 이 과정은 왜 인류가 너무나 많은 사랑과 실연의 고통을 반복하면서도 여전히 특별한 누군가를 찾아내고 그의 빈곳을 채워주고 싶어하는지를 생각하게 한다. 어쩌면 짐작보다 문제는 더 복잡할지도 모르겠다. 우리의 마음속에 있는 이 견딜 수 없게 다정한 것—누군가를 보살피고 도우며 그렇게 해서 강렬한 만족감을 얻는 것—을 누군가에 대한 사랑이나 결혼이라는 형태로 표현하게 되는 데는, 모든 관계를 '재생산'의 측면에서 바라보는 물신주의를 벗어나 좀 거창하게 말하자면 '존재의 완성'에 대한 바람이 작용하는 것은 아닐까. 이러한 다정의 구조가 일상으로 오면 아주 쉽게 누군가의 일방적인 희생을 요구하며 균형을 잃어가는 것이 문제이지만.

〈매기스 플랜〉은 근사한 로맨스 영화이지만 어떤 면에서 보면 사랑에 관한 냉소적인 농담처럼 느껴진다. 새로운 사랑을 위해 가정을 버렸던 존은 고립된 산장에서 이틀을 보내며 조젯을 다시 원하게 되고 결혼생활에 지친 매기는 존을 조젯에게 되돌려보낼 또다른 플랜을 짠다. 그런데 조젯은 그 플랜에 동참하면서도 여전히 존을 어떤 '조련'의 대상으로 다루고 있다는 느낌을 지울 수가 없는데, 몇 년에 걸쳐 쓴 존의 소설 원고를 불태워버리는 것으로 그 냉혹함을 드러내기도 한다. 물론 그 일을 계기로 존과 조젯은 진한 키스를 나누며 관계를 회복하지만.

영화에서 등장인물 모두는 사랑을 하면 할수록 그것에 제대로 안착하지 못하고 미끄러진다. 마치 매기와 존의 관계가 하딘과 하딩이라는 이름의 유사관계에서 시작되었지만 결국 그것은 언어적 유사성에 따른 착오, 그러니까 일종의 틀어진 유비관계일 뿐이었듯 말이다. 그렇다면 우리가 알고 있는 '사랑'이라는 개념과 실제 경험의 뒤틀어진 차이를 '찬물처럼' 받아들이는 것이 차라리 속 편할지도 모르겠다. 그렇게 해서 존이 표현하듯 "사랑이다"보다는 "사랑인 것 같다"고 말하는 "언어적 콘돔" 상태를 유지해야 사랑의 실패를 안전하게 대비하거나 혹은 그 상실의 충격을 완화시킬 수 있는지도. 그렇다면 영화는 결국 우리가 타인을 정확히 사랑하는 일은 애초부터 불가능하다고 말하는 것일까.

〈매기스 플랜〉에서 어떤 슬픔, 하지만 나를 바닥으로 끌어당기고 지극한 고독감에 휩싸이게 하는 것이 아니라 무언가 아주 다정하고 따뜻한 톤의 슬픔을 느끼게 한 것은 피클맨이 등장하는 장면이었다. 매기에게 자신의 정자를 '비전통적인 방식'으로 제공하는 이 남자는 학창시절 수학의 귀재였는데 지금은 피클 공장을 '전통적인 수제 방식'으로 운영하며 고독하게 살아가고 있다. 매기가 왜 수학자가 되지 않았느냐고 묻자 피클맨은 그런 물음이 아주 의아하다는 듯 "수학자가 될 생각은 없었어"라고 대답한다. "수학이 아름다워서 좋아한 것뿐이야." 자신의 정액을 담을 앙증맞은 플라스틱 통을 들고 화장실 앞에서 피클맨이 그렇게 말하는 순간, 그 코미디 같은 상황에 웃음이 나면서도 지극히 위안받았는데, 어쩌면 그 말이 모든 실패한 사랑들에 주어지는 다정한 위로처럼 느껴졌기 때문이다.

피클맨에 따르면 수학자란 결국 전체를 볼 수 없을 것이 분명한 대상을 평생 쫓아다니며 진리의 조각을 맞추려 하는 비극적 운명의 사람들이다. 피클맨이 그런 삶을 거부한 것은 그런 본질적인 한계에 대해 정확히 간파하고 있었기 때문이 아닐까. 그러니까 그렇게 완전무결한 진리를 상정하고 접근할 때 오히려 지금 나를 휘감고 있는 대상의 풍부하고 살아 있는 아름다움, 내가 느끼고 있는 이 생생하고 분명한 감각들이 결국 사라지고 만다는 사실을. 여기서의 수학은 내게 사랑에 대한 비유로 읽혔다.

〈매기스 플랜〉은 사랑과 가족의 형태에 대한 다양한 가능성을 보여주며 끝난다. 자신을 둘러싼 두 사람이 의기투합한 정황을 알게 된 존은 떠나고, 매기와 조젯은 같은 집에서 서로의 빈 곳을 채워주며 아이들을 돌본다. 새로운 모계사회의 가능성을 암시하듯. 하지만 그런 장면이 다소 환상처럼 느껴지는 건 우리가 가지게 되는 감정, 질투나 분노, 독점에 대한

이 연상시키는 죽은 이들에 대한 복잡한 공포와 죄의식이 사라졌다. 어쩌면 모든 일이 그렇게 아주 나쁘지만은 않지 않았을까, 믿고 싶어졌다. 죽은 이들도 지금 내 귀에 들리는 저 말과 억양을 썼으리라 생각하면 그들은 더욱 가깝고 다정한 사람들이 되었다. 그들도 밤하늘의 달을 올려다보곤 했다고 생각하면. 바람을 느끼고 오는 비에 손을 내밀어보기도 했다고 상상하면. 누군가의 연인이었고 아이였고, 아니 그런 관계 속에 그를 넣는 것은 어느 면에서는 그를 또 지워버리는 일이 되니까 그저 누군가의 풍경이기도 했다고 생각하면. 풍경이라는 건 우리가 살아서 어디든 걸으면 될 수 있는 것이니까.

이처럼 죽은 이들이 여기의 풍경으로 존재했다고 생각하면 실제로 그들에 대한 이야기를 듣지 못했으면서도 문득문득 그리움에 빠졌다. 그렇게 불명확한 채로 누군가를 기리는 일도 가능한 것이다. 해변이나 공원, 전망대, 호수, 폐점한 기차역의 매점, 서울행 야간기차, 서문시장의 좁고 분화된 길과 냄새들을 통해. 그리고 가만히 듣고 있으면 꺾이고 부서진 마디들이 생생하게 만져지는 그 도시의 말들을 통해. 아무도 말해주지 않아도 괜찮아, 라고 생각했다. 그렇게 풍경 속을 헤매는 것만으로도 나는 그들을 충분히 만날 수 있어.

소설을 읽는다는 건 누군가의 '나쁨'에 대한 지겨운 고백을 듣는 일일지도 모르겠다. 울어야 할 일과 절대 울고 싶지 않은 일, 되돌려주고 싶은 모욕과 부끄러움, 한순간 광포한 것으로 변해버리는 환멸과 후회들이 차창 밖처럼 연속된다. 나는 누구나 아주 나빠지지 않기 위해 안간힘을 쓴다고 믿고 나 역시 마찬가지이지만 한계도 있을 것이다. 그러니 어떤 소설은 어느 나쁘지 않은 오후에 누군가의 문상을 가듯 읽어주었으면. 우리는 언젠가 이 세계에서 지워져 기억으로만 존재하는 이들이 되겠지만 아직 우리는 내가 나빴습니까, 하고 더 물어야 하는 사람들이니까. 그러므로 문상을 가는 우리의 얼굴이란 다 젖었다가도 마르고 어두워졌다가도 다시 밝아질 수 있을 것이다.

어려서 나는 그 먼길을 오가야 하는 명절의 기차여행을 지겨워했지만 지금은 그런 생각을 한다. 대전역 플랫폼에 내려 가락국수를 사러 가는 누군가의 뒷모습을 기억하지 않았다면 나는 훨씬 더 쓸쓸한 어른이 되었을지 모른다고.

4부

유미의 얼굴

더이상 이 일이 즐겁지 않다는 당신에게

나는 지금 당신과 내가 같은 마음이리라 생각하면서 적는 거야. 그러니까 아주 오랜 시간 동안 정성을 다했던 내 일, 내 작업, 내 직장, 내 노동이 더이상 즐겁지 않을 수 있다고 말하기 위해서. 그 느낌은 무엇보다 사람들로부터 시작되었겠지? 주변 사람들이 하는 말과 태도에 날카로워지고 상처받았어. 화가 나고 슬프고 억울해하다가 더 시간이 지나면서 무력해졌을 거야. 더이상 상처조차 패지 않는 단단한 체념.

하지만 새해를 이런 기분으로 맞을 수는 없어서 나는 한동안 혼자서 지내봤어. 무리하게 여러 사람들과 만나거나 그들의 인정과 관심을 갈구하지 않고 최소한의 사람, 최소한의 일, 최소한의 여행과 최소한의 생각으로. 창공을 날아 이동

하는 장거리 여행자 같은 새들이 아니라 아파트 화단 어딘가에서 마주친, 아주 짧게 날아 먹이를 구하고 날갯짓을 하고 금세 내려앉는 새들처럼. 무언가를 많이 얻고 멀리 가는 것만이 능사는 아니야. 우리는 그렇게 최소의 방법으로 의외의 나를 구해낼 수 있지. 다행히 생각들이 조금씩 바뀌었어. 그러니까 내가 이 일에서 완전히 마음이 떠났다기보다는 감당할 수 없을 정도로 버거웠다는 것이고 이 일을 이제 하고 싶지 않다기보다는 이 일을 건강하게 잘하고 싶다는 마음에 가깝다고. 물론 당신은 정말 이 일이 즐겁지 않을 수도 있어. 그렇다면 당신 자신을 지키기 위해서라도 떠나야겠지. 하지만 그렇게 결론 내리기 전에 세밀하게 마음을 조정해보는 시간을 갖길. 우리가 조용히 스스로의 마음을 들여다보는 동안만은 다른 어떤 방해도 없이 오직 당신 자신만이 있기를 바랄게. 우리에게 또다시 주어진 일 년이라는 시간은 누구도 아닌 우리만의 차지이니까.

어떻게 지내십니까

이달 대중교통 이용 요금은 '0'원일지도 모르겠다. 자가용만 이용해서도, 일 없이 여유롭게 시간을 보내서도 아니다. 되도록 동네 밖으로 나가지 않았기 때문이다. 나뿐만 아니라 대부분 평소와 다른 일상을 보내고 있을 것이다. 전염병 확산을 막기 위한 고육지책이 장기화되면서 시간이 더 지나더라도 예전 같은 일상으로 돌아가지 못하리라는 생각마저 든다. 이전의 일상이 점, 선, 면의 방식이었다면 선은 지우고 면은 축소해 '점'의 방식으로 살아야 하는 요즘. 관계와 사회적 접촉면의 확장 속에 있던 우리는 이제 일상의 다른 국면을 맞았다.

평소에 혼자 있는 시간이 많은 작가에게도 이런 고립은 쉽지 않다. 무엇보다 카페 작업을 못하게 돼서 문제다. 백색소음 속에 스스로를 밀어넣고 헤드폰으로 차단막을 친 채, 내 가장 깊은 곳으로 들어가 조금씩 써내려가는 과정. 그러면서도 옆에는 분명 타인이기는 하지만 사람들이 있으니까 완전한 고립은 아닌, 익명성을 가지면서도 아주 희미한 유대를 유지했던 공간에서의 작업이 가능하지 않게 되었다. 방에서 일하다보니 쉽게 손을 놓게 되고 도무지 능률이 나지 않는다. 카페 작업은 많은 사람들과 어쩔 수 없이 마주친다는 점에서도 중요했는데 그런 자극마저 없으니 무기력해지기도 한다.

  물론 그리하여 발견하게 된 다른 세상도 있다. 내 방에서 바라보이는 외부 발코니에 매일 밤 자고 가는 비둘기가 한 마리 있다는 사실이다. 친구는 물론, 부모님 얼굴도 못 보게 된 나는 그 새로운 존재에게 관심이 갈 수밖에 없었고, 대체로 책상에 앉아 있기에 비둘기에 대한 정보들은 점점 쌓여갔다. 비둘기는 언제나 아래에서 위로 날아올라 발코니로 들어왔고, 일단 입장한 뒤에는 고개를 사방으로 꺾어가며 주변을 경계했으며 내 방향에서 보면 늘 왼쪽 벽에 붙어서 잤다. 놀랍게도 발코니로 오는 시간은 오후 다섯시 반에서 오십분 사이로 시계처럼 정확했다. 뭔가 허탈한 깨달음을 주었던 대목은 비둘기가 초저녁부터 내내 잠을 잔다는 점이었다. 일찍 일어나는 새가 먹이를 많이 잡는다는 명언이 일견 진실일지라도 그런 새는 이미 초저녁부터 잘 쉬었던 새임을 깨닫고는 나는 왠지 억울해졌다.

우리가 4월에도 물리적 거리 두기를 유지해야 하는 이유는 자명하다. 유행은 피할 수 없더라도 대량의 환자가 발생해 의료 시스템이 붕괴되는 비극을 막기 위해서다. 조금 불편해지고 외롭거나 막막해졌더라도 많은 사람들이, 특히 의료진들이 이 어려운 시기를 사명감으로 버티며 통과하고 있다는 점을 생각하면 자세를 고쳐보게 된다.

하지만 인간이란 말할 수 없이 나약하기도 한 존재라서 다시 이렇게 글을 쓰려고 혼자 앉아 있으면 어쩔 수 없이 나는 이 단절감이 무겁고, 많은 사람에게서 나로 이어졌던 관계의 선과 함께 공유했던 장소와 시간들이 그리워진다. 지금은 밤이고 비둘기는 다시 발코니로 돌아와 새벽 찬 공기를 대비해 깃털을 최대한 부풀린 다음(새들이 잘 때 그렇게 한다는 것도 이번에 알았다) 잠을 자고 있는데, 마치 누군가가 어둠으로 뭉쳐낸 작은 눈덩이 같은 비둘기의 뒷모습을 보노라면 다시 혼자임을 실감하게 된다. 풍경 속의 비둘기 모습이 동요 없이 자연스러울수록 그런 내 마음은 이상하게 더 짙어진다.

하지만 인터넷에 접속해보면 사람들은 분명히 각자의 자리를 지키며 거기에 있고, 그렇게 자기 자리에 있는 것만으로도 공동체의 일원으로서 한 손을 보탤 수 있는 4월을 보내고 있다. 개학을 연거푸 미루는 강력한 정책으로 가까스로 대유행을 막고 있는 아슬아슬한 요즘이지만, 이런 날들이 없었다면 서로 연결되어 있던 시간의 의미에 대해 지금보다는 알지 못했을 것이다. 그런 생각으로 힘을 좀더 내보는 밤이다. 불안 속에서도 어쨌든 각자 자신의 밤을 무사히 나고 있으리라 믿을 수밖에 없는, 그래서 특별한 4월의 밤이다.

노동의 자세

　십대 때 책을 사들인 사람은 내가 아니라 언니였다. 언니는 나보다 먼저 아르바이트를 시작했고 여윳돈이 생기자 월마다 오는 문예지도 정기 구독했다. 골방에 숨어서 돋보기로 흰 종이를 태워보는, 식민지 치하에서 무력하게 병들어가는 한 소설가에 대해 생각하게 된 시기도 그즈음일 것이다. 그의 이름을 딴 상으로 내가 사랑하는 작가들이 호명되는 장면을 지켜보며 흘러갔던 1990년대와 2000년대. 그런데 2020년대가 열리자마자 나는 그 상의 주최측에 '그렇게는 하지 않겠다'고 말하고 있었다. 우수상의 수상 조건으로 해당 단편의 저작권을 삼 년간 양도하라는 요구를 받았기 때문이다.

　하룻밤 동안 게재 거부 사실을 세상에 알려야 할까 고민했다. 가장 마음에 걸리는 건 함께 상을 받은 작가들이었다. 그들도 나처럼 책장에 꽂혀 있는 수상작품집들을 읽으며 작가가 되었을 것이다. 한국문학의 '천재적인' 모더니스트 이상의 이름으로 자기가 한 작업이 격려받는다는 데 대한 기대는 공통된 것이었을 테니까.

작가가 되기 전 출판 노동자로 일했던 나는 당연히 팔려야 하는 상품이지만 또 무조건 팔리기만 하면 그만이 아닌 책의 이중적인 조건에 대해 생각해야 했다. 의미도 있고 내용도 좋아서 성심성의껏 만들어 시장에 내놓으면 일주일 겨우 매대에서 버티다가 사라져버리는 신간들을 편집자로서 힘들게 지켜봤다. 그래도 그 책이 세상으로 나가 일으켰을 지금 당장은 추측할 수 없는 영향력, 일렁임 같은 것을 상상해보면 다음 책을 만들기 위해 다시 노동할 수 있는 힘이 생겼다.

창작자가 자신의 창작물을 만들어내면서 고유하게 생기는 권리를 '저작권'이라고 하고, 작가에게 그것은 생계와 자신의 존엄 그리고 이후의 노동을 반복할 수 있는 힘이다. 해당 출판사가 언급했듯 오해와 소통의 부족, 통상적인 룰, 직원의 실수 등으로 양도를 요구받을 수 있는 것이 아니다. 비유하자면 그것은, 정말 그렇게 하지는 않을 테지만 통상적으로 집문서를 내게 넘겨야 하고 내가 너를 그 집에서 내보낼 생각은 없고 그 집을 다른 목적으로 타인에게 임대하거나 팔수도 있기는 하지만 여태껏 그런 적은 없으니까 소유자 이름을 내 앞으로 해달라는 요구나 마찬가지다. 그렇게 하지 않을 거라면 그런 계약을 요구하지 않으면 된다.

하지만 몇 명의 작가가 문제제기를 했음에도 받아들여지지 않은 것은 무엇 때문이었을까. 혹시 어떤 '자세'가 필요했던 것은 아닌가. 그러니까 위력을 행사해 관철시키는 과정이 상의 권위라고 착각했던 것은 아닌가.

언니가 사 들고 온 그 많은 책과 수상작품집들을 받아 읽으며 작가가 된 나는 마감들을 되도록 성실히 지켜나가며 저작 노동으로 생활한다. 출산으로 경력이 끊긴 언니는 자신의 전공을 살릴 수는 없지만 그래도 아이를 둔 자신이 할 수 있는 조건의 일자리들을 옮겨가며 분투중이다.

내 가장 가까운 또다른 가족은 건물 청소 노동자로 이태를 일했다. 일을 시작할 때 '고참'들이 너무 열심히 하지 말라고, 몸을 아끼라고 충고할 정도로 의욕적이었는데, 그러지 않으려고 해도 반짝반짝 윤이 나고 깨끗해진 자신의 구역을 보면 기분이 좋고 그렇게 뿌듯할 수가 없다고 했다. 무심하게 사람들이 손때를 입히고 쓰레기를 버리면 '썽'이 난다고.

소설에서 이상이 날자, 날아보자고 한 마지막 대목은 일종의 갱신이었을까, 무참한 패배였을까. 나는 이 일이 있고 나서 어려서부터 가졌던 그 의문을 다시 떠올렸다. 그것은 마치 예상치 못한 혼란이 지나고 난 뒤의 지금의 나처럼 환멸과 분노, 기대와 희망이 뒤섞인 "정오"의 "환란" 같은 상태였겠지만, 어쨌든 나는 지금은 아침부터 내내 닦아놓은 층계참을 바라보는 내 가족의 자부에서 노동의 자세를 배운다.

선의를 믿는 것의 어려움

몸이 축나서 한의원을 다녔다. 지인에게 소개받은 그 한의원은 여간해서는 약을 지어주지 않는 곳이었다. 그뒤로 누가 안부를 물으면 한의원을 다니고 있다고, 여간해서는 약을 짓지 않는 곳이라고 대답했는데 그 말에 대한 사람들 반응이 흥미로웠다. 그러면 상당수가 침이나 뜸을 전문으로 하는 곳이겠구나, 하며 넘겨짚었기 때문이다. 내 말은 그곳에서는 필요 없다고 판단되는 사람에게 부러 한약을 쓰지 않는다는 뜻이었는데, 그런 상황을 상상하는 사람은 없었다. 왜 그러느냐고 물어보는 몇몇이 있긴 했다. 그나마 판단을 미루고 무언가를 더 확인해보려는 사람들이었다.

처방을 원해서 온 사람이라도 경우에 따라서는 그냥 돌려

보내기도 하는 것. 그런 원칙은 한의원 운영에 현실적인 도움은 되지 않을 것이다. 하지만 찾아온 사람으로서는 불필요한 지출을 않을 수 있으니 그것을 어떤 선의라고도 할 수 있지 않을까. 하지만 사람들의 반응을 보니 요즘 그런 선의는 아주 드문 것이 되었구나, 하는 생각이 들었다. 쉽게 떠올릴 수 없고 상상하기도 힘드니 아마 믿기는 더 어려울 것이다.

하기는 타인에게 선의가 있음을 선뜻 믿기에는 세상이 나쁜 게 사실이다. 갱년기 여성에게 좋다고 어머니에게 선물하라고 꾀더니 허가도 나지 않은 재료로 약을 만들어 팔지 않나, 당신이 돈을 잃게 될까봐 그런다며 접근해서는 은행 직원, 경찰 등을 사칭해 돈을 털어가지를 않나. 그렇게 함량 미달의 제품을 속여 팔거나 보이스 피싱을 하는 건 이제 흔하디흔한 일이 되어버렸다. 그러다보니 빤한 속임수에 왜 넘어가느냐고 오히려 피해자를 탓하는 상황까지 벌어진다.

이런 세상에서는 사회 구성원들이 암묵적으로 공유하고 있는 어떤 윤리나 합의보다는 음모론적 시각이 현실 판단의 기준이 된다. 네가 지금 보고 있는 것, 그 이면에 숨은 악의가 있고, 그런 악의를 간파하지 않으면 심각한 피해를 입는다는 상식이 통용되는 사회. 그렇다면 불신과 불의가 모든 행동의 우선순위가 될 것이다. 이런 상황에서 누군가의 선의를 믿는 일이란 좀 과장하면 일종의 모험이 아닐까. 믿음으로써 입게 될 손해를 감수한다는 의미이기도 하니까. 현실이 이러니 우리의 불신을 그저 탓할 수만도 없을 듯하다. 하지만 탓할 수 없다고 해서 옳거나 정당하다는 뜻은 아니다.

얼마 전 여섯 살 조카가 유치원 통학 버스에서 아주 기분 좋은 얼굴로 내렸다. 선생님과 같은 자리에 앉아 와서 그런가 싶어 물어보니 말간 얼굴로 그렇다고 대답했다. "선생님이랑 뭘 하면서 왔는데?" "얘기하면서 왔지." "무슨 얘기 했는데?" 조카는 신이 나서 선생님이랑 나눈 이야기를 전해주었다. 점심시간에 누구랑 싸우지 말고, 수업시간에는 서 있지 말며, 무슨 시간에는 돌아다니지 말고, 통학 버스를 기다릴 때는 장난치지 말라는 지적과 당부였다. 결국 조카는 버스에서 오는 내내 혼이 난 것에 가까웠는데 뭐가 저렇게 얼굴이 환할 정도로 즐거울까.

그러다 조카는 어쩌면 겉으로 드러난 말 대신 선생님의 선의를 들으며 왔겠구나 하는 생각을 했다. 조카가 그렇게 들을 수 있었던 데는 진심이 잘 전달되도록 표현한 선생님의 능력이 있었겠지만 아무리 그렇게 표현해도 듣지 않고 믿지 않으면 방법이 없지 않은가. 이렇게 타인의 선의를 듣고 신뢰할 수 있는 힘, 우리에게도 분명 있었을 그 힘을 우리는 언제부터 잃어버리고 만 걸까. 나는 "응응, 나 좋았겠지? 좋았겠지?" 하는 조카를 보고 있다가 그 손을 쥐어보았다. 믿을 수 없게 조그맣고 보드랍고 연약했지만 그 아이가 쥐고 있는 세상은 어쩐지 내 것보다 크고 깊고 단단하게 느껴졌다.

유미의 얼굴

가려진 얼굴들에 익숙해진 2020년의 봄이다. '사회적 거리 두기'를 위해 외출을 줄이고 개학도 행사도 모두 미뤄진 시기. 하지만 동시에, 평소라면 알지 못하고, 알려 들다가는 프라이버시 보호 차원에서 거부당했을 개개인의 동선과 종교가 세상에 알려지는 때다. 거리의 인적은 드물어져도 누군가들의 모습은 오히려 뚜렷하게 드러나는 셈이다.

내 이십대는 IMF 사태로 사회 전반이 불황이던 때였다. 살아남아야 한다는 절박함으로 시작했던 대학생활은 꿈꾸던 만큼 즐겁지도 '뜨겁지도' 않았다. 지금까지 어떤 사회적 가치가 중요했고 앞으로 어떤 방향으로 살아가야 하는가보다 자조와 냉소 속에 낙오되지 말라는 경고만 크게 들려왔다.

그런 불황 속에 '다단계회사'가 극성이었다. 건너 들은 경우만 해도 적지 않았다. 오랜 친구였던 유미—가명이다—까지 휴학을 하고 그 합숙소로 들어갔을 때의 충격은 말할 수 없었다. 그때까지 그런 세계에 합류하는 이들이 따로 있다고 여겼던 내 은근한 교만과 방심을 흔들었다. 유미는 공부도 잘하고 누구보다 성실했던 아이였다. 다만 집안 사정이 좋지 않았고 아픈 부모를 자주 걱정하곤 했다. 유미가 그곳에서 나오기를 바라며 내가 할 수 있는 일은 만류밖에 없었는데, 만날 수 없으니까 주로 이메일이나 전화로만 연락했다. 답신이 있든 없든 아무것도 하지 않을 수는 없었다.

유미가 얼마나 자주 답을 했는지는 기억나지 않는다. 다만 마지막에 받은 이메일만은 뚜렷이 기억한다. 편지의 서두가 "내가 거기서 만난 사람들은 네가 생각하는 그런 사람들이 아니야"로 시작했기 때문이다. 유미는 누구보다 열심히 살고 서로를 도우려는 사람들이 있는, 희망과 가능성과 미래가 있는 곳이었다고 항변하고 있었다. 그런 것이 아니야, 우리를 너무 몰아세우지 마. 그 마지막 이메일은 다행히도 유미가 그곳을 빠져나와 복학한 뒤에 도착했으므로 나는 그게 아니었다는 말을 믿었다. 그 괘씸한 다단계회사야 어떻든 유미의 마음만은 믿어주어야 할 듯했다. 유미의 희망, 유미의 기대,

애쓰고 싶었던 유미의 의욕과, 애쓸 방향과 목표가 필요했던 절박함 같은 것.

언론에 신천지 관련 뉴스가 나올 때마다 이십 년 전 그 유미의 얼굴을 떠올렸다. 신자 중 상당수가 청년들이라는 사실은 기시감이 드는 대목이었다. 다른 어떤 단체보다 '소속감'을 강조하고 마치 회사처럼 직급을 적용해 서로를 자리매김 해주기에 청년들이 더 강렬한 결속력을 느낀다는 것도. 자기 자리를 찾아 사회 가장자리를 서성이는 젊은이들을 포박해 착취하는 과정은 당연한 듯 반복되고 있었다. 어느덧 기성세대가 된 나는 그런 개인의 그릇된 선택에는 자기 자신의 맹신과 무지가 있다는 점을 간과할 수는 없었다. 하지만 구조를 따지지 않고 개인들만 비난하고 더 나아가 '혐오'한다면, 그 또한 공동체의 맹목과 무지일 거였다.

어려운 상황에서도 이 사회가 더 나은 방향으로 가고 있다는 희망은 곳곳에서 발견된다. 우리 동네만 해도 오십 년 동안 구두 수선 일을 해온 분이 힘들게 마련한 땅을 코로나19 피해자들을 위해 기부했다. 이웃들은 업무량이 폭증한 택배 기사들에게 마스크를 양보하자는 운동을 벌이고, 사태의 최전선에서는 의료진들이 빛나는 희생을 계속하고 있다.

하지만 이런 희망을 나눠 가질 대상이 세상의 '유미들'을 뺀 나머지라면 비싼 값을 치르며 찾아낸 그 얼굴들을 다시 잃어버리는 일이 될 것이다. 청년들을 돕고 미래를 열어 보이는 일에 사회가 나서야 한다. 당장 시작할 수 있는 일 가운데에는 기본소득에 대한 적극적인 논의가 있을 것이다.

지금의 위기를 이기기 위해 모두가 최선을 다하고 있으므로, 우리는 머지않아 마스크를 벗을 수 있는 날을 맞을 것이다. 그렇게 마스크를 벗고 각자의 얼굴을 마주보게 되는 날, 우리는 마스크를 쓴 채로 목격한 일들에 대해 어떤 입장을 취하게 될까. 나는 그것이 두렵고도 기대가 된다.

내면을 완성한다는 것

　　이천 편에 달하는 시를 썼지만 생전에는 단 일곱 편만 발표한 19세기 미국의 시인 에밀리 디킨슨의 삶을 다룬 〈조용한 열정〉(테런스 데이비스, 2015)을 보기 위해 신촌역에 내려 오랫동안 걸었다. 피아노 한 대가 놓여 행인 중 누구라도 연주할 수 있는, 버스 이외의 차량을 통제해 수많은 버스킹이 '안전하게' 상시적으로 열리는, 슬프게 운명한 어느 시인의 단골 다방이 남아 있는 거리였다. 밤의 풍경에서 아주 도드라지는 종합병원의 환한 불빛을 올려다보며 장례식장 앞을 지날 때 나는 그 건물에 당당하게 자리한 스타벅스에서 눈을 뗄 수 없었다. 책을 읽거나 노트북을 들여다보면서 일종의 생활을 변함없이 수행하는 사람들 때문이다. 그렇게 우리가 생활 속에서 유지하는 의무와 약속과 감정과 육체의 항상성은 장례식장이 연상시키는 죽음과 이별, 종료와 단절의 이미지 속에서도 형형했다.

〈조용한 열정〉은 에밀리 디킨슨(신시아 닉슨 분)의 삶을 여성, 종교, 가족, 지적 몰두, 도덕과 윤리 같은 맥락에서 해석해 들어가는 영화다. 평생 미국 매사추세츠의 작은 마을 애머스트를 벗어나지 않았던 그가 한 인간으로서 얼마나 위태로운 정신적 위기를 극복해나갔는지를, 공들인 미장센과 대사를 통해 '드라마틱한 내면적 플롯'으로 구성해낸다. 영화는 마치 시의 리듬이 그러하듯 평생 디킨슨이 붙들었을 삶의 화두들을 반복하고 그 분투의 치열함을 가중시켜가는 방식으로 전개된다. 그리고 생의 중요한 장마다 디킨슨의 작품을 직접 인용해 보여주면서 영화를 더욱 시적으로 만든다. 다만 시에서는 화자의 단일한 목소리가 있다면(신시아 닉슨이 내는 디킨슨의 그 급하고 간절하게 몰아쉬는 숨소리는 너무나도 인상적이다) 여기서는 디킨슨의 인생을 영상으로 구현한 편집자, 감독의 목소리를 생각하지 않을 수가 없다.

모든 전기가 그렇듯 편집자의 시선이 들어서면 우리는 그 재현이 품고 있을 한계를 고려하는데, 동시에 그 한계에 대한 경계가 실제 인물과 얼마나 맞고 틀리느냐는 논의로 그칠 때 텍스트를 통해 교환하려고 하는 감정과 이해의 부피는 한 없이 볼품없어지고 만다. 하지만 그렇다 해도 영화를 보고 난 뒤, 조용히 끓어넘치는 디킨슨의 예술적 투혼에 감동하면서도 무언가 전달받지 못했다는 아쉬움을 지울 수는 없었다.

영화에서 디킨슨은 종교가 모든 일상을 통제하는 시대에 맞서 자유의지를 지닌 존재로 살기 위해 분투한다. 교회에 나가자는 아버지의 제안을 거부하고, 하나님에게 구원받고 싶느냐는 교사의 물음에 "나는 죄를 '느낄' 수 없어요. 자각하지 못하는 죄를 어떻게 회개하죠?" 하고 항변한다. 세속의 종교적 규율 밖에서 진정한 신의 '구원'을 찾으려는 이러한 내면 투쟁은 조용하지만 아주 절박하다. 이를테면 디킨슨 스스로 이렇게 말하듯이, "소리 내 싸우는 건/아주 용감하다// 하지만 더 용감한 건/내면에서 싸우는 슬픔의 기병대".

이러한 디킨슨의 탐구는 그 시대의 주된 이데올로기, 기독교, 가부장제, 제국주의에 대한 반성과 저항으로 이어지는데 그 과정이 설득력을 갖추면서도 디킨슨이라는 인물을 평면적으로 만든다는 인상은 지울 수가 없다. 디킨슨의 삶에 대한 조명이 그러한 이데올로기들의 태양 아래 집중되면서 입체화가 어려워지는 것이다.

그래서 우리는 디킨슨에 대한 여러 중요한 의문들을 지닐 수밖에 없는데, 한 예가 디킨슨의 아버지(키스 캐러딘 분)는 대체 어떤 가장이었는가 하는 점이다. 영화는 디킨슨이 무릎을 꿇고 기도하라는 목사의 말을 거부해 아버지와 언쟁을 벌이거나, 접시가 더럽다는 아버지에게 접시를 깨 보이며 "이제 더럽지 않죠"라고 응수하는 일화를 보여주지만 정작 성장과정에서 아버지의 세계를 판단하는 준거점이 되었을 디킨슨의 아버지와 어머니의 관계에 대해서는 자세히 전달하지 않는다. 디킨슨이 가부장제에 반하려는 여성이었다면 그런 판단에 무엇보다 어머니의 삶에 대한 목격이 있었을 것이다. 디킨슨의 어머니는 우울증을 앓으며 방에서 거의 나오지 않는 폐쇄적인 인물로 설정되어 있지만 영화는 그런 인물이 마땅히 지녔을 고통을 세밀하게 전하기보다는 오히려 어떤 낭만성 아래 형상화한다. 그녀가 병상에 누워서도 예쁘게 장식하고 있는 레이스 보닛처럼. 그래서 우울증이 가져온 감정의 폭풍에 울음을 터뜨리는 아내의 손을 잡아주는 디킨슨의 아버지, 가장의 모습도 극진한 위로라기보다는 그러한 '역할'을 수행해야 하는 인물의 고정된 행동처럼 느껴진다.

이러한 어머니의 위치가 아쉬운 또다른 이유는 영화가 여성에게 가해지는 억압과 고통, 그것의 극복과 연대 같은 주제들을 다룰 여지를 많이 품고 있기 때문이다. 가부장제 아래에서 결혼을 선택하지 않은 채 살아가는 디킨슨, 결혼을 했으나 그것이 행해야 하는 의무에 고통받는 올케 수전(조디 메이 분), 체제의 존속에 연연하는 남성 사회를 야유하며 도리어 그것을 선택적으로 이용해 자기 삶을 꾸려가려는 친구 버팸(캐서린 베일리 분)까지 주제의 실현은 이미 다양한 인물을 통해 암시되어 있지만 세공되지 못한 채 평면화에 그친다. 감독에게는 어떤 저항감이나 주저함이 있었던 것이 아닐까. 이를테면 영화에서 디킨슨에게 "여자로 한 주만 살아봐, 절대 쉽거나 즐겁지 않을걸" 하는 비난을 들은 오빠가 더이상의 대화를 포기하고 입을 다문 채 시선을 돌리는 것처럼.

그럼에도 〈조용한 열정〉은 분명 예술가, 정확히는 예술을 행하는 인간의 내면을 훌륭하게 전달하는 영화다. 어떤 역할에 고정되어 있는 인물이라도 여러 번의 변주를 통해 내면을 그리면 중첩의 효과를 통해 전달력이 극대화된다는 점에서 그렇다. 예술에의 추동이 이는 내면은 과연 영화 속 디킨슨의 것처럼 상처와 분노, 슬픔, 사랑에의 갈구와 윤리적 갈등, 죽음의 공포, 구원에 대한 갈망, 절대자에 대한 회의와 예술적 염결주의 등으로 들끓는다. 그래서 때로 예술가는 자신이 완성해가는 세계에 환희하고 확신하면서도 비슷한 강도로 그것에 헌신하는 자신의 삶을 모멸하고 부정하고 싶어한다. 왜냐면 지금 그 예술가가 보고 있는 세계란 사실 '완성'이라는 것이 가능하지 않은, 마치 공기처럼 한없이 경계가 넓어져 그것을 채울 수 없음에 매번 좌절하게 되는 세계이기 때문이다. 디킨슨이 죽음이 가까워오는 시기에 흰옷을 입고 칩거해 이층 자신의 방에만 틀어박히는 것은 그의 내면이 자연과 신 그리고 예술이라는 무한의 세계로 넓어지는 것과 아주 대조적이다.

모두가 잠든 밤, 어두운 응접실에서 시를 쓰기 위해 앉아 있는 디킨슨에게 수전은 "너에게는 시가 있잖아"라고 속삭인다. 그러자 디킨슨은 "너에겐 삶이 있잖아, 나는 일상을 가졌을 뿐이고"라는 말로 돌려준다. 지금 여기에 있는 육체로서는 완성할 수 없고 느낄 수도 없는 어떤 세계를 아는 이들은 이미 "인생이 하찮고 어떤 특정한 사랑을 빼앗"겼기에 "굶주리는 데에 익숙"하다. 수전이 그런 디킨슨의 운명에 눈물을 흘린 바로 그 순간 나는 예술가의 고통에 찬 내면이 타인에게 전달되었다고 생각했다. 그러자 마음이 조용히 움직였는데 거기에는 그러한 이해를 마치 나 자신이 받은 듯 감동했기 때문이었다.

이제 영화는 디킨슨이 자기 방보다도 더 좁은 관 속으로

들이 맞닥뜨리는 난감한 현실을 오히려 사실적으로 드러내고 있는지도 몰랐다. 그러니까 아무리 좋은 취지로 보려고 해도 늘 결론은 여성들의, 엄마들의 희생으로 귀결될 수밖에 없는 한국 사회의 엄마들의 현실을 말이다. 여담이지만 그 방송에서 내가 가장 가슴이 아팠던 대목은 딸을 대신해 집에 와서 살림을 살고 손주들을 키우는 친정 엄마들의 수고였다. 대학원에 가고 싶다는 딸과 사위가 말다툼을 하자 가만히 와서 딸에게 "너도 말을 해, 똑 부러지게 말을 하라고" 하는 장면에서 나는 엄마에게서 딸로 이어지는 엄마로서의 고됨에 대해서 생각했고 그런 응원조차 사위의 눈치를 보며 딸에게 몰래 전하듯 해야 하는 현실에 가슴 아팠다. 거기서 엄마와 딸은 시대가 변했어도 동일한 질감의 고통과 희생을 감내해야 하는 동지처럼 느껴졌다.

그리고 2016년의 한국 사회에는 우리가 절대 잊지 말아야 할 엄마들이 있다. 세월호 참사로 아이들을 떠나보낸 엄마들이다. 단원고 졸업식이 있었던 날, 엄마들은 졸업식 대신 아직 아이들이 학교를 떠나지 않았음을 알리기 위해 '방학식'을 열며 아이의 스무 살을 축하했다. 엄마이고 지금도 당당히 엄마이지만 그렇게 불러줄 아이가 옆에 없기에 끊임없이 슬픔을 갱신하며 세상과 싸워야 하는 엄마다.

신은 자신의 손길이 닿지 않는 곳에 엄마를 보냈다는 말이 있다. 그렇다면 인간에게는 인간의 얼굴만큼이나 다양한 신이 있다는 말이 된다. 인류 역사에서 신은 인간을 위해 희생하며 한없이 사랑하다가도 별안간 단죄하고 무서운 형벌을 내리지 않는가. 2016년의 한국 사회에서 우리는 '엄마'라는 이름을 통해 그 엄혹한 현실을 다시 확인하고 있는 것일까. 하지만 지금까지 이야기한 모든 것을 차치하고 당장 마음속으로 엄마, 라고 불러보라. 당신에게는 과연 어떤 엄마가 떠오르는가. 우리는 어떤 엄마를 사랑하고 그리워하는가.

온통 희고 차고 끝나지 않는

우리가 어떤 위험을 예비할 수 있다고 하자. 그 위험에 대해 사랑하는 이에게 시급하게 알려주어야 하는데 말을 잃는다면 당신은 어떻게 할 것인가. 나는 그렇게 말이 사라진 자리에 놓인 것이 시라는 생각을 한다. 말로 표현되어 있지만 전혀 다른 배열을 가지고 있기에 통상적인 규율 아래의 소통이 불가능해지고 다만 언어를 구축할 뿐이라고. 말 이외의 모든 것, 이미지, 소리, 촉각, 온도, 질량감, 부피, 이동성등을 성취해내 전달한다고. 그런 말없는 가운데 말하는 시의 강인함과 아름다움을 나는 강성은의 시가 보여준다고 생각한다. 『Lo-fi』, 우리말로 바꾼다면 '저음질'이 될 수 있을 제목의 그의 세번째 시집을 전철과 비행기에서, 배를 타고 들어가는 제주의 섬에서 아주 예민한 기척까지 놓치지 않겠다는 마음으로 읽었다. 그때는 그의 시가 간절한 신호를 보내고 있기 때문에 그렇게 읽는다고 여겼지만 시간이 지난 지금은 나의 간절함이 그런 독법을 만들어냈다고 생각한다. 또는 둘 다일지도.

나는 광장의 침묵 속에 한참 서 있다가 광장을 가로질러 작은 샛길로 들어갔다 미로처럼 얽힌 좁은 골목들과 처마를 지나 불 켜진 창을 지나 교회와 상점들을 지나자 또다시 광장이 나타났다 (……) 어둠 속에 시체들이 줄지어 누워 있었다 그들은 내 가족과 친구들과 꿈속에서 보았던 사람들, 내가 아는 모든 이들이었다 그리고 그들의 끝에는 내가 누워 있었다 나는 나의 얼굴을 만져보았다 그는 뜨거웠고 내 손은 차가웠다 죽어 있는 것은 나였다 우리 모두가 이곳에서 부르던 노래가 떠올랐다 이 광장을 벗어날 수가 없구나 이 노래는 끝나지 않는구나 매일 밤 모든 길은 광장으로 이어졌다

—강성은, 「밤의 광장」『Lo-fi』(문학과지성사, 2018)에서

우리가 광장으로 나갔던 시간들은 이제 각자의 자리로 흩

어져 더이상 그것을 명확하게 헤아리거나 어떤 구호들로 요약할 수가 없다. 고요하게 타오르는 촛불에서 그 불이라는 것의 형태를 특정할 수 없듯 광장에 있었던 우리 역시 일상의 망점 안에서는 쉽게 식별되지 않는다. 그리고 그렇게 말이 멈춘 사이 어떤 위험들이 흘러간다. 어쩌면 지금이 바로 시의 방식으로 서로를 감각해야 할 때가 아닐까. 『Lo-fi』를 읽는 독법이란, 그 아름다움만큼 여러 가지이겠지만 나는 이것이 우리가 겪어낸 2014년 4월 이후의 시간들에 대한 증언과 당부라 생각하며 읽었다. "광장의 침묵" 속에서 각자 흩어져 이제 "미로처럼 얽힌" 일상을 유지해나가야 하는 우리, 아직 광장의 노래가 끝나지 않았음을 예민하게 감각해야 하는 우리.

다가올 겨울 역시 "온통 희고 차고 끝나지 않을" 것들로 가득할 시간일 것이다. 하지만 우리가 서로에게 들려주려는 이 간절한 로-파이의 신호도 만만치는 않아서 우리는 쉽게 끝내지 않고 여전히 뜨거울 것이다. 마치 눈처럼. 모든 풍경들을 쓰다듬어주듯이 와락 내려 세상을 동일하게 덮는 눈처럼, 그 눈의 낮고 희미한 기척처럼.

---

* 글의 제목은 강성은의 시 「ghost」(『Lo-fi』)에서 가져왔다.

사랑 밖의 모든 말

어떤 말은 말하지 않음으로써 말해지고 누군가의 얼굴은 흐릿하게 지워짐으로써 더 정확히 지시할 수 있다. 영화 〈윤희에게〉(임대형, 2019)에서 달의 형태가 여러 번 바뀐 뒤에야 보름달이 되어 완전한 모습을 드러내는 것처럼. 영화에서 그 만월까지의 시간은 아픈 윤희가 자신의 삶을 스스로 되돌아보고 진정한 자기 자신을 되찾기 위한 과정이 된다.

〈윤희에게〉는 십대 시절 서로 사랑했던 윤희와 준이 이십여 년의 세월이 지나 어렵게 재회하는 이야기를 그리고 있다. 영화는 여러 면에서 깊은 시선과 절제를 보여주는데 무엇보다 이들의 사랑에 가해졌던 폭력과 상처에 대해 다루면서도 그 중핵이나 다름없는 지점을 바로 가리키지 않고 그것의 주변부를 통해 드러낸다는 점에서 그렇다. 이 둘의 재회가 가능해지는 시작점도 그러하다. 윤희에게 편지를 쓰지만 보내지는 못하는 준을 대신해, 준이 어른이 되도록 돌봐준 고모가 용기를 내어 부쳐버리는 데서 사건이 출발하기 때문이다.

제대로 전달될지 알 수 없고, 받더라도 회신이 올지 알 수 없는 편지. 어쩌면 그것은 우리가 달을 보며 비는 소원처럼 가장 순정하고 정직한 욕망을 담고 있을 것이다. 그리고 그 편지를 받은 윤희의 딸, 새봄이 이 불가능할 듯한 재회를 성사시키기 위해 천진하고 당돌한 계획을 세우면서 오직 꿈속에서만 가능했던 둘의 만남은 현실의 장으로 나오게 된다. 윤희는 준과의 사랑 때문에 가족들에 의해 정신병원에 갇히고 준은 가족의 사정에 따라 한국을 영영 떠나야 했지만, 오랜 시간이 지난 뒤에는 새롭게 만들어낸 또다른 가족들의 응원 속에서 다른 결말을 써볼 용기를 가지게 된다는 것. 이러한 과정에, 한국 사회의 여성과 소수자 그리고 가부장제가 어떤 갱신을 거치며 변화해오고 있는지가 담긴다. 사랑의 문제가 사랑 이외의 모든 문제를 다루게 되는 것이다.

윤희는 오빠의 강권으로 이성과 결혼생활을 하고 새봄을 낳지만 이혼을 한다. 전남편은 무섭게도—그러나 생각해보면 당연하게도―자신을 냉랭하게 대하고 외롭게 만든 윤희를 자신의 방식으로 사랑했을 것이다. 그 사실을 완전히 부정할 수 없는 것은 새로운 사랑을 찾아가는 전남편의 소식을 듣고 윤희가 문득 환하게 얼굴을 펴며 잘되었다고 기뻐하기 때문이다. 윤희는 그 사랑의 선언이 인쇄된 청첩장을, 어쩌면 자기도 준과 함께 적고 싶었을 인사말을 아주 소중하고 고운 것을 대하듯 들여다본다.

그리고 그런 윤희를 바라보며 남편이 눈물을 흘리기 시작한다. 사랑하면 사랑할수록 누군가를 망가뜨리게 되는 비극, 의도하지 않았어도 결국에는 매 순간 누군가를 파괴하고 폭력을 행사하게 되었을 그의 삶은, 사랑에 있어 정상과 비정상을 가르고 강한 억압으로 기존 체제를 유지하려 했을 때 그 누구도 피해에서 자유로울 수 없다는 사실을 보여준다. 윤희는 그런 그를 향해 울지 말라고, 울 필요는 없다고 얘기한다. 누군가를 사랑했다는 이유로 평생을 타인에 의해, 후에는 스스로 벌을 받듯 살아야 했던 윤희가 그렇게 말할 때 그 얼굴에는 아주 분명한 위엄 같은 것이 서린다. 바로 그것이 그 고통의 시간 동안 윤희가 꿈꾸어왔을 완전한 사랑의 형태에 대해 알 수 있게 한다. 그것은 마치 달처럼 누구에게나 당연히 공유되어 있고 변함없이 환한 것이며, 구름으로 가려진다고 그것이 없다고 선언하지 않고 여전히 거기 있다고 지시하는 일이라는 걸.

〈윤희에게〉를 보고 나서 가장 기억에 남는 말은 다름 아닌 "윤희에게"라는 문장이다. 어떤 말이 적힐지 알 수 없어도 그렇게 수신처를 정하고 뒷말을 이어보기 위해 긴 시간을 되돌아볼 누군가를 상상하는 건 이상하게 마음이 아프고 오히려 외로워지는 일이다. 어쩌면 영화에서와 달리 그것이 막막한 현실을 건너 가닿는 일이란 드물다는 사실을 알기 때문일 것이다. 하지만 그렇게 진심을 전할 결심을 하고 우리가 어딘가에 앉아 그 대상을 반복해서 떠올릴 수 있다면 그 자체도 어떤 가능성이 아닐까. 사랑과 사랑 밖의 모든 말의 수신처인 각자의 "윤희에게"가 있다는 것, 그래서 오늘도 내가 이렇게 최선을 다해 당신을 지시하고 있다는 것 말이다.

5부

송년 산보

여행의 기분

나는 일상에서도 여행에서도 서툰 사람이다. 일에 쫓기다 허둥지둥 떠나기 때문이다. 이번에도 교토에서 죽 머물리라는 결심 외에 포부도 준비도 없는 여행이었다. 도착해서는 라면을 먹고 쓰러져 잤다. 저녁에 깨서는 그래도 여행인데 싶어서 교토역을 어슬렁거리다가 맥주를 사 들고 돌아왔다. 이 정도라면 집 근처에서도 할 수 있기에 한심하다 싶다가도 기분은 좀 다르다고 생각했다. 일상의 루틴한 흐름을 정확히 살아가는 교토 사람들 사이를 비틀비틀 지나가는 여행자의 걸음걸이. 그렇게 걸으니 마음 어딘가가 풀어졌고 상대적으로 감각은 예민해졌다. 원망과 슬픔 같은 것이 들었다. 떠나온 사람들에게는 다 이유가 있고 나도 다르지 않으니까.

오늘은 아침부터 부지런히 움직였다. 기차를 타고 덴류지가 있는 아라시야마에 갔다. 의욕적으로 시작했지만 곧 실수의 연속으로 접어들었다. 노래 감상에 빠져 있다가 정류장에 내리지 못했다. 관광객들이 우르르 내려서, 사실 잘못 내리려야 내릴 수도 없는 곳이었는데. 겨우 아라시야마역에 되돌아와서는 눈치껏 관광객들을 따라다녔는데 딴생각을 하느라 다시 길을 잃었다. 그리고 그런 상황에 들어맞게 폭우가 내렸고 우산을 썼는데도 두 발이, 어깨가, 가방이 다 젖고 말았다.

그래도 여행자는 걷지 않을 수 없는 법. 기분이 어떻든, 준비를 했든 안 했든 걸어야 어디로든 갈 수 있지 않은가. 그렇게 걷는 동안에는 뒤돌아보는 것이 무의미했다. 그저 걷는 상태만이 있었다. 하지만 도착해보니 그곳은 처음에 타고 왔던 JR 노선의 역이 아니었다. 기차역 표지판을 대충 보며 걷다가 다른 노선의 역으로 와버린 것이었다. 휴대전화 배터리는 방전되고 여행책자는 도움이 안 됐다. 나는 달리 할 수 있는 게 없어서 쪼그리고 앉아 비 구경을 했다. 멈춰 있으니까 이상하게 누군가를 기다리는 마음이 됐다. 당장은 아니고 어쩌면 생각보다 오래 걸릴 수도 있지만 왠지 기다리면 도와줄 누군가가 나타날 것 같았다. 어느덧 나는 그렇게 다시 믿고 있었다. 그때 기적처럼 한국인 여행자들을 만나 기차와 버스를 갈아타고 숙소로 돌아왔다. 여행의 기분은 다행히 여전하고 이 글을 다 쓰면 또 맥주나 사러 갈 생각이다.

한 명과 혼자

　지난 크리스마스 즈음 부산에 내려갔다. 부산을 배경으로 한 작품을 쓰기 위해서였다. 일행 없이 떠나는 건 내게는 익숙한 여행의 방식이자 꽤 선호하는 방식이기도 하다. 가고 싶은 대로 가고 걷고 싶은 만큼 걷고. 여행을 가면 분명히 길을 헤맬 수밖에 없는데 그때 상대에게 신경쓰거나 미안해하지 않아도 된다. 그리고 낯선 풍경이 가져다주는 감정적 흔들림으로 변화무쌍해지는 내 상태에 대해 설명하지 않아도 된다. 설명하려는 순간, 내게 밀려왔던 그 낯설고 힘있고 충만한 감정들은 사그라지고 말 테니까.

　원래 부산행에는 엄마도 동행하려 했지만 내 사정으로 일정이 한 번 바뀌고, 올해로 열일곱 살이 된 반려견이 크게 아프면서 함께 내려가지 못했다. 부산에는 이모가 살고 이모 역시 건강이 좋지는 않은데 그렇게 해서 만남의 기회가 사라져버린 것이 여행을 다녀온 지금까지 미안하다. 이모는 엄마가 온다고 엄마가 좋아하는 민어조기를 시장에서 사다가 손질까지 해놓았다고 해서 더욱 그랬다. 하지만 나중에 물어보니 결국 민어조기는 성주의 삼촌에게로 갔다고 했다. 두 번이나 약속을 하고 내려오지 않아 이모가 화가 난 것일까. 이왕 택배로 부칠 거면 엄마에게 보내면 될 일 아닌가.

약속을 지키지 못한 건 우리이면서도 엄마와 나는 철없이 그런 얘기를 했지만 이모는 엄마가 얼마 안 있어 내려올 거라고 생각했는지도 몰랐다. 그러면 자갈치시장에 가서 엄마는 '빼쪽고기'라고 부르고 정식 명칭은 '민어조기'인 듯한, 내가 직접 자갈치시장에서 봤을 때는 '삐죽이'라고 쓰여 있던 생선을 또 다듬어서 준비해줄 작정이었을 것이다. 엄마는 생활력이 강한 사람이지만, 그런 면이 슬며시 풀어질 때가 외가 식구들 앞에 설 때다. 거기에는 언니에게 투정 부리고 싶은 동생의 모습이, 그렇게 긴장이 좀 느슨해진 둘째 딸의 모습이 있다. 아무튼 떠나기도 전에, 내게나 엄마와 이모에게나, 뜻하지 않게 횡재를 한 삼촌에게나 여행의 파급은 생겨나고 있었다.

여행에서 일행이 없을 때 그래도 불편해지는 점은 식사다. 맛집은 늘 붐비니까 눈치가 보이고 그마저도 일 인분씩은 팔지 않으니까. 그래서 요즘은 가기 전에 미리 '혼밥'이 가능한지 검색해본다. 다행히 블로그 어딘가에 나보다 먼저 그런 고민을 안고 방문한 여행자가 있다면 나도 좀더 안심하고 찾아가볼 수 있다. 그렇게 해서 여정 동안 국제시장의 아주 오래된 순두부집과 떡볶이집, 낙지집, 심지어 횟집까지 누빌 수 있었는데, 어느 순간 나는 흥미로운 차이를 발견하게 되었다.

문을 열고 들어가면 식당 분들이 몇 명이냐고 자연스레 묻는 장면에서였다. 그러면 언제나 나는 한 명, 이라고 답하고 상대방들은 혼자? 하고 받는다는 점이었다. 대체로 묻는 분들이 엄마 또래의 여성들이라서 그런지 나는 혼자라는 되물음에 마음 어딘가가 뭉근하게 풀리는 기분이었다. 한 명이 그냥 숫자를 표시하는 산술적인 카운트라면 혼자는 상태를 담아내는 말이니까. 하나라고 할 때는 용두산공원과 영도다리, 남포동과 해운대를 누비는 수많은 관광객의 일원이지만, 혼자? 하는 확인은 어쩐지 상황이 틀어져 엄마나 이모와 오지 못하고 이 부산에서 가장 맛있는 음식 앞에 어색하게 앉아 있는 나 자신에 대한 식별처럼 느껴졌다.

하지만 그렇게 혼자임을 인정하고 앉은 테이블 앞의 시간이 따뜻하고 포만감 있는 시간으로 기억되는 걸 보면 어쩌면 그건 일 인분 식탁에 알맞은 환대였을지도 모르겠다. 한 명의 손님이라도 눈치볼 필요는 없다, 우리가 그만큼 값을 지불하지 않느냐는 식의 말 말고. 여행자라면, 일행 없이 떠난 여행자라면 더욱 가지게 되는 긴장의 모서리를 둥글게 깎는 혼자라는 그 말이. 그래서일까, 크리스마스 무렵의 부산행은 도무지 혼자 다녀온 것 같지가 않다. 한 명이 다녀왔다고는 더더욱.

사랑의 시차

출장을 갔던 지난달, 나는 막막한 우주처럼 어둡고 오직 모니터 화면만이 밝은 비행기에서 거의 잠들지 못한 채 영화로만 버텼다. 〈인터스텔라〉(크리스토퍼 놀런, 2014)는 당연히 극장에서 개봉했을 때 봤던 작품이지만 어쩐지 다시 손이 갔는데, 그건 아마도 내가 날고 있었기 때문일 것이다. 우주로 날아간 그들과 계산상으로는 가장 가까운 위치에서, 가장 강력하게 중력에 저항하며 나는 영화를 보았다.

우주를 구성하는 힘 가운데 인간이 도저히 장악할 수 없는 것이 바로 시간이다. 우리는 우주의 어딘가로 나아가면 그것마저 빠르게 혹은 느리게 흐르고 〈인터스텔라〉에서처럼 때론 거스를 수도 있다고 상상은 하지만 아무도 그 시간의 변용을 경험해본 사람은 없다. 시간의 속도와 양은 무섭도록 공평하다. 우리는 시간 앞에 무력한 존재이고, 늘 조금씩 죽음을 향해 가는 유한한 존재다. 하지만 우주에서 시간이란 지구와 다른 속도로 흘러갈 수 있고 그때 사랑하는 이들 사이에 시차가 발생한다는 것, 인간이 장악할 수 없는 이 절대적인 상황이 주인공들 앞에 전개되면서 우리는 그 고난에 깊이 공감하게 된다. 쿠퍼가 바다로 이루어진 밀러 행성에서 브랜드를 구하려다가 늦어버린 그 잠깐 동안, 지구에서의 시간이 이십사 년 가까이 흘렀다는 사실을 알게 되었을 때처럼.

하지만 가까스로 살아 돌아온 쿠퍼가 가장 먼저 한 일은 절망과는 거리가 먼 것이었다. 지구에서 자신에게 보낸 가족들의 영상 메시지부터 찾아 읽었기 때문이다. 쿠퍼는 이십삼 년간 저장된 메시지를 처음부터 틀라고 컴퓨터에게 지시한다. 가장 최근의 것이 아니라 가장 오래된 것부터, 그러니까 자신이 열 살 딸의 곁을 떠나온 바로 그 시점부터 순차적으로 알기를 원하는 것이다. 그것은 지구에 있는 가족들과 동일한 방식으로 시간을 경험하겠다는 선택이다.

그리고 카메라는 한동안 수신되는 메시지 영상이 아니라 쿠퍼의 얼굴을 비춘다. 긴장한 채 자리에 앉아 안녕, 아빠, 하는 목소리를 듣는 것을 시작으로, 서서히 다채로운 감정들이 그의 얼굴에 차오른다. 눈물겹고 경이롭고 행복한, 그립고 미안하고 슬프고 안쓰러워하는 쿠퍼의 얼굴이 사랑하는 이들을 향해 있다. 지구 안팎의 시차에도 불구하고 쿠퍼가 그들의 이야기를 듣는 순간에는 그런 차이란 중요하지 않게 느껴진다.

결과적으로 보자면 〈인터스텔라〉는 인간이 우주의 절대적 힘이라고 여겼던 시간과 중력에 대한 장악력을 갖는 과정을 그려낸다. 내가 처음 영화관에서 봤을 때 그다지 감흥이 없었던 것은 그 장악의 순간이 여전한 영웅담으로 느껴졌기 때문이고 비행기에서 그렇지 않았던 건 그것이 사랑의 힘으로 한계를 넘으려는 인간적 분투로 읽혔기 때문일 것이다. 결국 사랑이라는 것에 시차란 존재하지 않는다고 믿는 이들의 안간힘에 가까운 싸움. 그리고 그 변화가 일어난 건 내가 점점 집에서 멀어져 낯선 곳으로 가고 있었기 때문일지도 모른다. 비행기가 나를 먼 곳으로 데려다놓을수록 나는 벌써 두고 온 것들에 대한 그리움으로 마음의 방향을 조금씩 틀고 있었으니까.

우주에 있었던 쿠퍼가 지구에서의 메시지를 처음부터 경험하기를 원했다는 것에 대해서는 비행기에서 내리고 나서도 집으로 돌아오고 나서도 생각하게 되었는데, 그것은 인

간의 삶이 시간의 결과물이 아니라 과정 자체에 있다는 것
을 느끼게 해주었기 때문이다. 시간과 중력마저도 무의미해
지는 광활한 우주를 영화와 함께 떠돌다가 현실로 돌아온 우
리가 줍는 바로 이 일 초라는, 일 분이라는 가장 작은 단위의
시간 말이다.

안녕이라고 말해주지 못한 이별들

세월호 참사로 가족을 잃은 사람들이 가장 오래 환기하는 것은 헤어지기 전 나누었던 말들, 행동들, 눈빛들이다. 희생자 가족들이 눈물로 써내려간 수기들을 읽어보면 수학여행을 가던 아이는 아버지가 내민 용돈이 너무 많다며 돌려주기도 하고 무슨 일인가로 잔뜩 혼이 난 채 시무룩하게 등을 돌리기도 했다. 그리고 사고는 일어났고 가족들은 황망한 죽음과 마주해야 했다. 그것은 어떤 고통, 어떤 분노, 어떤 죄책감일까, 조심스럽게 떠올려보는 순간이 있다. 갑작스럽게 다가온 부재의 상황, 일상처럼 들려오던 모든 소리들이 끊겨 적막으로 내몰린 듯한, 암전이 된 듯한, 아무것도 보이지 않고 가까스로 보이는 것조차 해석할 아무런 힘도 남아 있지 않은, 어쩌면 고통마저도 고통이라고 말할 수 없는 고통. 안녕이라고 말하지도 못한 채 직면해야 하는 죽음. 그런 것들에 대해 생각하고 있으면 나 역시 죄스러움과 분노에 휩싸이곤 했다. 우리가 세월호의 비극에서 눈을 돌리지 않아야 하는 것은, 그렇게 누군가를 잃는 것이야말로 인간이 겪을 수 있는 가장 극단의 고통이기 때문이다.

메르스의 날들을 보내면서, 정부당국의 이번에도 어김없는 무능과 무책임을 보며 일 년 전 세월호 참사를 떠올리지 않기란 힘들다. 한 나라의 정부라면 분명 작동되어야 하는 시스템들이 불능에 빠지면서 한 달 새 스물아홉 명이 목숨을 잃고 만여 명이 격리를 당하는 상황에 이르렀다. 그렇게 우리는 공포와 침체의 시간으로 빠져들어갔다. 아이들은 학교에 가지 못하고 병원은 폐쇄되었다. 일해야 하는 사람들, 일하지 않으면 당장의 빈곤에 노출되는 사람들조차 격리 대상자로 지정되면 나가서 일할 수 없다. 아파도 병원에 갈 수 없는 공포 속에서 거리는 텅 비었다. 그 텅 빈 도로를 달리면서 우리 사회에 무겁게 깔린 공포와 불안에 대해 생각했다. 정말 모든 것들이 제자리에 있지 않았다.

메르스 사태를 지켜보면서 마음이 답답했던 적도 불안했던 적도 많았지만, 그런 반응조차 할 수 없어 깊은 슬픔에 빠져버린 순간은 메르스 사망자들이 지켜보는 가족도 없이 세상과 작별해야 했다는 기사를 읽었을 때였다. 가족마저 격리 대상자로 분류돼 빈소도 차리지 못한 채 하루 만에 화장해야 했다는 이야기는 슬픔을 넘어 분노로 다가왔다. 그런 작별이 어디에 있는가. 논란이 일어나자 정부는 감염 위험을 통제한 상태에서 가족들이 임종을 지킬 수 있게 했지만 그래도 되는 일이었다면, 그럴 수 있는 일이었다면 왜 처음부터 그러지 못했는가.

죽음은 인간이라면 누구나 근원적으로 품고 가야 하는 고통이자 딜레마다. 죽음이 어떻게 다루어지는가는 어떻게 사는가만큼이나 중요하다. 죽음을 덮거나 피하지 않고 진정으로 애도할 수 있는 사회, 그럴 수 있도록 사회의 공기를 조성하고 충분히 슬퍼하고 분노할 수 있게 하는 사회. 그런 사회에서만이 삶은 소중하고 의미 있는 것이 된다. 죽음이 고유해질 때 우리 모두는 숫자 속에 숨은 익명이 아니라 고유한 개인이 되어 여기서 살아나갈 수 있게 되는 것이다. 그러니까 우리가 안녕이라고 말하지 못한 이별들은 은폐되거나 덮이는 것이 아니라 기억되고 말해져야 한다. 그런 비극이 우리 삶과 얼마나 가까운 것이 될 수 있는지를 지금 또다시 보고 있기 때문에, 더이상은 겪고 싶지 않은 무참한 고통이기 때문에.

또다시라는 미래

영화 〈사랑의 블랙홀〉(해럴드 래미스, 1993)에는 매일 똑같은 하루를 보내야 하는 비운의 남자 필이 등장한다. 반복의 운명은 필에게 금고털이, 뭇 여성들과의 데이트 같은 일탈의 자유를 선사하지만 오늘 무슨 일을 겪었든 내일이 되면 다시 리셋되고 마는 상황이 이어지면서 필은 절망에 빠져 자살을 기도한다. 그 숨막히는 반복의 하루, 똑같은 뉴스, 똑같은 표정과 행동의 사람들, 똑같은 날씨, 똑같은 대화 속에서 필은 죽음으로라도 이 상황에 변형을 가하고 싶은 절박함을 느끼는 것이다. 달라지지 않는 삶이란 얼마나 사람을 무기력하고 우울하게 만드는가. 하지만 다른 측면에서 보면 반복이란 항상성의 유지를 의미하기도 한다. 우리는 반복의 주기를 따라야 하는 것들, 규칙적인 식사와 수면, 자신에게 우호적인 사회적 관계의 지속 같은, 삶을 유지하기 위해 필수적으로 반복되어야 하는 것들에 대해 알고 있다. 그러니 삶이란 이 반복의 리듬을 어떻게 제대로 운용하는가의 문제가 아닐까.

요즘 나는 이 반복의 문제에 대해 생각하곤 한다. 평생 살다시피 한 인천에서의 삶이 문득 답답하다고 느끼기도 하고 반복되는 가족들 간의 갈등이 괴롭다고도 생각한다. 글을 쓰는 것이 직업이지만 그를 위해 맞닥뜨리는 수많은 문제들이 언젠가부터는 창작의 고통쯤으로 미화되지 않는 만성화된 스트레스가 되어버린 것도 같다. 어느덧 완성의 기쁨보다는 미완의 어려움에 더 마음을 의탁하게 된 것이다. 어차피 또 써야 하니까.

개성공단이 폐쇄되고 나서 나는 이 문제에 대해 안타까움이나 분노와는 차원이 다른 무기력하고 아주 우울한 기분을 느꼈다. 이러한 문제가 끊임없이 반복되어왔다는 일종의 절망감 때문이었다. 선거가 있을 때마다 북한과의 갈등이 일어나고 그 문제가 증폭되어 전쟁의 기억이 있는 한국의 특정 세대를 자극해 휘어잡는 방식.

열 살 때쯤인가, 학교 복도에 걸려 있던 커다란 패널 하나를 기억한다. 거기에는 북한이 금강산댐을 터뜨리면 우리나라의 주요 건물들, 63빌딩이나 국회의사당 등이 어디까지 물에 잠기는지를 그려놓았는데 어린 마음에도 아주 불안하고 공포스럽게 올려다보곤 했다. 그때 그 패널을 만든 선생님은 금강산댐이 정말 우리를 집어삼키리라 생각하며 그리셨을 것이다. 포스터물감으로 정성을 들여 수위를 표시하고 북한의 만행에 허리까지 잠겨버린 63빌딩을 착잡한 마음으로 세워놓았을 것이다. 그리고 한참 시간이 지나 그것이 정권 유지의 한 방편에 불과했음을, 전쟁에 대한 공포와 두려움을 악용한 남한 정부의 쇼에 지나지 않았다는 사실을 알았을 때 우리는 얼마나 어이가 없었던가. 물론 옛일이고 우리는 과거에 연연하기에는 오늘이 더 팍팍하니 곧 잊어버렸지만 말이다. 그때 우리가 냈던 '평화의 댐' 성금을 돌려받기 위해 국가를 상대로 소송이라도 걸었어야 했던 걸까. 우리는 왜 그런 일들을 그렇게 쉽게 없었던 것으로 덮었을까. 이러한 적대와 긴장이 일상적으로 반복되면서 어느덧 무기력과 자괴감에 적응해버린 것이 아닐까. 죽을 수조차 없다는 사실에 만사를 포기하고 만 영화 속 필처럼 말이다.

하지만 필은 마침내 이 악몽 같은 불행의 반복에서 벗어날 수 있는 방법을 찾아 블랙홀을 끝내고 변화와 지속이 공존하는 삶으로 돌아오게 된다. 그것은 진정한 사랑, 타인을 진심으로 대하고 받아들여 완성한 사랑 덕분이다. 나는 이런 영화의 결말에 대해서도 심드렁할 만큼 지금 상당히 마음이 상해 있지만 그럼에도 우리는 우리도 모르게 또다시 내일에 대해 생각하고 있지 않은가. 이 적대와 공포의 블랙홀에서 빠져나올 어느 순간을 사실 바라고 있지 않은가.

그늘은 식탁보다 크다

　지난주 청송에서 열리는 한중 작가회의에 다녀왔다. 올해로 열번째 열리는 한중 작가회의는 한국과 중국의 작가들이 모여서 시와 소설을 낭독하고 서로의 작품에 대해 이야기하는 자리다. 중국과 한국을 격년으로 오가며 치러지는데 올해는 한국에서 중국의 작가들을 초청하는 차례였다.

　'문학'을 하는 다른 나라 작가들을 만난다는 건 아직은 흔한 경험이 아니라서 기대에 차 있었다. 책으로만 만났던 작가들을 실제로 만날 수 있다니. 그렇게 작가들을 만난다는 것은 그곳에 읽는 사람들이 있다는 사실을 실감하게 된다는 것이기도 하다. 쓰는 사람과 읽는 사람을 동시에 느낄 수 있는 시간이라 중국에서의 문학은 어떨까 궁금해하며 인천에서 중국 작가들과 합류했다.

중국 작가들과 대화하면서 일단 놀랐던 점은 대륙의 '스케일'이었다. 중국에서는 웬만한 지명도가 있는 작가라면 이십만 권 정도는 어렵지 않게 책을 팔 수 있다고 했다. 그리고 작가 대부분이 작가협회에 소속되어서 나라에서 일종의 '월급'을 제공받고 그것이 작가의 생활을 안정시킨다고 했다. 문학 시장이 점점 좁아져서 만 부 정도만 팔려도 베스트셀러로 불리는 우리나라와는 상황이 확실히 달랐다. 대륙을 돌며 낭독회를 열다보면 각 성마다 다니는 데에만 일 년이 걸린다는 말도 인상적이었다. 나는 몇 번의 여행으로 경험한 중국을 회상했다. 엄청난 속도로 도시화된 베이징과 칭다오, 대륙의 경계에 놓여 옛 영광의 증언지로 쓸쓸하게 남아 있던 둔황 지역을 떠올렸고 그곳을 가로지르는 동안 일 년이라는 시간의 흐름을 맞아야 하는 시인에 대해 상상했다. 그 길에서 얼마나 많은 사람들이 얼마나 다양한 방식으로 문학에 반응하고 이야기할지를, 그렇게 해서 그 시인은 또 얼마나 달라진 세계를 안고 자기 자리로 귀환할지를.

함께 토론한 중국의 소설가는 현지에서 한국의 대중문화가 각광받는 것에 비해서 한국의 문학은 제대로 소개되어 있지 않다고 안타까워했다. 한국의 소설들이 개인의 삶에 대한 세밀한 결을 담아내고 있고 배경으로 그려지는 현대 도시의 모습이 매력적이라 충분히 중국의 독자들도 매력을 느낄 수 있다는 말이었다.

한중의 작가들이 서로의 작품을 낭독하고 토론하는 자리에서 나는 중국과 한국이 맞닥뜨리고 있는 상황이 크게 다르지 않으면서도 미세하게 결을 달리한다고 생각했는데, 두 나라 모두 개인의 삶을 장악하고 있는 자본의 위협에 대해 고민하고 있었지만 중국 작가들은 아직 완전히 패배하지는 않은 것처럼, 그 패배가 가지고 오는 무기력과 고독, 쓸쓸함에 완전히 장악되지는 않은 것처럼 느껴졌다. 왜 한국소설에서 그러한 고독과 고립감이 지배적이 되는가에 대한 질문이 나왔기 때문에 더욱 그랬다. 그것은 한국인들의 식탁은 왜 그리 소박한가, 절약정신 때문인가 하는 농담 섞인 질문과 함께 인상적으로 느껴졌다. 아직 식탁 위를 가득 채우고 그런 채움을 통해 나누는 것에 대한 자부와 만족이 있는 나라. 지금 이 세계에서 가장 빠른 속도로 높은 부를 축적해나가는 나라의 분위기를 말해주는 듯했기 때문이다. 하지만 그러는 가운데에서도 중국의 작가들은 이 세계가 통제할 수 없을 정도로 변할 수도 있다고 우려하는 것 같았고 그러한 세계를 이미 경험한 우리로서는 그 우려가 현실화될 수 있음을 예고

할 수밖에 없는 상황이었다. 그러니까 그 세계는 이미 우리에게 왔고 우리의 이웃에게도 예정되어 있는 것이었다. 어쩌면 해를 거듭하면서 계속될 이 행사에서 우리는 그것을 아프게 확인하게 될지도 몰랐다. 그렇다면 중국의 작가들이 관심을 보인 도시화에 대한 매력적인 묘사나 세련됨 역시 필연적인 그늘을 가지게 된다는 것을, 그 그늘은 어느 한 부분도 제외될 수 없을 만큼 아주 거대하다는 것을, 그들의 식탁보다 때론 대륙보다 우리의 상상보다 크다는 것을 함께 얘기하게 되지 않을까.

하지만 나는 마지막날 중국 작가가 기록한 장춘 지방의 사계에 대한 에세이를 읽으면서 그런 마음이 충분히 위로될 만큼의 감동을 받았다. 중국 동북의 변방, 연암이 무릇 크게 한번 울어볼 만한 곳이라고 했던 요동 지방에 관한 글이었다. 작가는 그곳에서 일어나는 사계의 변화를 흑과 백의 두 가지 색으로 표현하면서 탄생과 소멸 그리고 자연적인 순환에 대해 기록했는데, 나는 그것이 회의에 참석하는 동안 마음을 어지럽게 했던 고민들에 대한 해답이라고도 생각했다. 무릇 문학이란, 작가란 우리 눈앞에 펼쳐지는 혼란스러운 변화의 가운데에서도 그런 세계의 건재함에 예민해야 하는 것이 아닐까 하는 생각에서. 세상 변화의 이면에 자리하는 허무와 그것의 무용함에 대해 마음속에 항상 간직해야 하는 것이 아닐까. 그러니까 식탁의 크기가 아니라 그 식탁에 모여 앉아 있는 이들의 채워지지 않는 허기와 그늘에 대해 말이다.

송년 산보

2016년 12월 31일은 작가들 행사가 있는 날이었다. 송년인데도 평소와 다르지 않게 느껴졌는데 날이 춥지 않아서 더 그런 것 같았다. 무언가를 보낸다는 것은 잃어버린다는 것, 여기에 없게 된다는 것, 부재를 받아들이게 된다는 것. 그렇다면 온도는 더 낮아야 하지 않을까. 학교 다닐 때 배운 신기한 개념 중 하나는 '기화열氣化熱'이라는 것이었다. 물이 기체가 되어 본래 상태에서 벗어날 때 열을 가져간다는 원리는 우리가 생각하는 이별과 닮아 있으니까.

행사가 끝나고 송년이니까 각자 계획이 있겠지 했는데 생각보다 많은 친구들이 같이 있고 싶어했고 카페로 가서 차를 마셨다. 무언가 아주 단 것, 머리가 어질할 정도로 농도 짙은 달콤함이 필요해서 휘핑크림과 시럽을 잔뜩 넣은 초콜릿 음료를 주문했고 그사이 누구는 연애를 시작했고 누구는 내년에 결혼을 하고 누구는 곧 어디로든 여행을 떠나고 말리라는 이야기가 오갔다. 아직 마음의 상처를 회복하지 못해 정기적인 심리 상담을 계속해야 하는 친구와 가까운 이의 죽음을 겪은 지 얼마 되지 않는 친구도 있었다. 하지만 공통된 마음은 2016년이 가는 것이 아쉽지 않다는 것이었는데 한 친구가 매번 우리는 그런 것 같지 않아? 라고 물었다. 정말 한해의 마지막마다 잘 가, 다시는 오지 마, 하는 마음이기는 했다. 하지만 내심 아쉬움과 슬픔이 없는 건 아니니까 사실 그 단호한 결별의 선언이란 연인에게 거짓으로 이별을 고하는 사람의 과장된 연기 같은 것은 아닐까.

자정을 두 시간 앞두고도 우리는 쉽게 헤어지지 못했다. 한국어를 거의 못하지만 신기하게도 한국말을 다 알아듣는 독일인 사장이 있는 좀 먼 곳의 맥줏집에 가서 안주로 감자를 먹고 싶다고 친구가 말했고, 나는 평소에 그 친구가 다른 이들을 배려하느라 정작 자기가 하고 싶은 것에 대해서는 욕심을 부리지 않는다고 생각했기 때문에 그 제안이 반가웠다. 새해가 되면 친구가 더 자주 감자를 먹자고, 나는 그 감자가 너무 맛있다고 말해줬으면 싶었다.

택시를 타자는 의견이 있었지만 걷기에는 멀고 차 타기에는 애매한 거리를 송년의 밤에 실어날라줄 택시는 없었다. 송년의 밤은 누군가에게는 여전히 열심히 달려야 하는 밤, 그렇게 해서 또 내일로 넘어가야 하는 밤이니까. 걷다보니 우리는 제각기 흩어져 있었지만 너무 멀어질 것 같으면 뒤돌아보면서 여기야, 여기로 가야 해, 라고 말해주었다.

그렇게 겨우 도착했는데 만석이라서 대기를 걸어놓고 고양이를 테마로 하는 다른 펍에 들어갈 수밖에 없었다. 주문을 하고 고양이는 어디 있어요, 라고 묻자 사장은 고양이는 없어요, 라고 대답했다. 이 펍의 고양이들은 길고양이들이라고. 특별한 고양이를 기르고 있지 않아 거리의 모든 고양이들이 특별해지는 고양이 펍이라니 나는 마음이 뭉근해졌다.

그렇게 한잔 한잔 취해갔지만 친구가 감자를 먹고 싶어한다는 것은 절대 잊지 않았고 자정 오 분 전에 다시 자리를 옮겼다. 앉느라 어수선해져 아쉽게도 카운트다운은 못했고 독일인 사장이 갑자기 해피 뉴 이어! 라고 독일어도 한국어도 아닌 영어로 인사해서 새해인 것을 알았다. 감자를 두 접시나 먹고 나와 이제 정말 집으로 가야지, 하고 걷는데 친구들 사이에서 기타를 자동으로 조율해주는 기계가 있는가 없는가 하는 논쟁이 붙었다. 답답해진 친구가 정말 있다니까, 하면서 메고 있던 기타를 길 한가운데에서 꺼내 보여주었는데 그런 신기한 기계가 정말 있었다. 그리고 일단 그렇게 기타가 등장하니까 연주를 안 해볼 수 없었고 우리는 박수를 치지 않을 수 없었다. 새해였으니까, 새해의 그 새벽에 우리가 함께 있었으니까.

택시를 타고 가면서 오늘 뭘 어떻게 보냈고 어떻게 특별했었지, 열심히 생각했지만 떠오르는 것이 없었다. 다만 포근한 밤이라 춥지 않다는 생각은 분명히 들었다. 그래서 다행인 밤이었다.

우리의 해피 엔딩

지난 연말과 새해에 이제 열일곱 살이 된 반려견 장군이가 크게 아팠다. 오전, 카페에서 작업을 하고 있는데 엄마가 울어서 잔뜩 잠긴 목소리로 전화를 해왔다. 밤사이 장군이가 발작과 경련을 해서 동네 병원에 왔는데 의사가 안락사를 의논하라고 했다고. 의사는 뇌종양 증세와 완벽하게 일치한다고 진단했고 더 확실한 판정을 위해서는 MRI를 찍어야 하지만 이 상태로는 촬영을 하다가 오히려 위험한 순간을 맞을 수도 있다고 했다. 전신마취를 해야 하니까.

장군이는 사지를 떨고 머리를 계속해서 뒤로 젖히며 고통스러워하는 증세를 보이고 있다고 했다. 내게는 충격이 오면 강하게 방어한 채 오히려 무감해지는 경향이 있는데, 그날도 그랬다. 나는 원고를 보고 있다가 아주 나지막하게 "안락사로 떠나보내는 것, 나 그거 두 번은 못해"라고 말했고 일단 전화를 끊자고 했다. 그리고 다시 원고를 읽어내려가는데 얼마 가지 않아 눈물이 후드득 떨어져내렸다. 이상하다. 아무 표정도 짓지 않고 있는 것 같은데 왜 이런 게 떨어지지, 하며 닦았지만 눈물이 그치지 않았다.

처음으로 키웠던 반려견도 지금의 장군이와 이름이 같았다. 병치레가 잦았던 장군이는 삼 년밖에 살지 못하고 내 곁을 떠났다. 병원과 병원을 전전하다가 최종적으로 사인sign이 왔다는 의사 말에 따라 우리는 안락사라는 선택을 해야 했다. 그리고 그후로 지금까지 우리 가족은 그것을 후회한다. 그때 첫 장군이는 몸이 안 좋아지자 엄마가 긁어서 먹여주는 배로 하루하루를 버텼는데, 엄마는 차라리 입원시키지 말고 우리가 데리고 있을걸, 데리고 있으면서 배도 긁어주고 그럴걸, 개가 우리가 병원에 버렸다고 생각하지 않았겠니, 하면서 후회했다. 가장 정성을 들인 사람도 엄마, 그만큼 미안해한 사람도 엄마였다.

그렇게 슬픈 이별을 하고 만난 두번째 장군이는 우리 가족에게 특별한 존재였다. 이후로 우리 가족이 여러 번 생활의 부침을 겪어야 했기 때문에 더더욱. 장군이가 우리와 사는 동안 아버지가 운영하던 작은 회사가 문을 닫아 살던 동네를 떠나야 했고, 언니와 내가 다른 가족을 만들고 조카들이 등장하고 엄마가 암투병을 하기도 했다. 장군이도 큰 고난을 겪어야 했는데, 여섯 살이던 해에 유전적 망막박리로 시력을 완전히 잃었기 때문이다.

이렇게 요약하고 나니 장군이와 보낸 열일곱 해가 우리 가족에게 정말 비장한 클라이맥스들의 연속이었다는 생각이 든다. 우리 가족이 새로운 동네로 이사하고 엄마가 한동안 쉬던 일을 다시 시작했던 때에 장군이는 아주 긴 시간을 혼자 보내야 했는데, 인천에서 파주까지 직장을 다니던 나는 그런 장군이가 마음에 걸려 퇴근 후에는 어떻게든 고속도로를 달려 서둘러 집으로 오곤 했다. 그러면 장군이는 식구들이 출근하고 난 뒤부터 밥도 물도 먹지 않고 식구들 옷이 있는 행어 위에서 냄새를 맡으며 자다가 걸어나오곤 했다. 얼마나 잤는지 털이 다 눌려서 못생기고 귀여워진 모습으로.

나는 그래도 내내 깨서 기다리는 것보다는 이렇게 자는 편이 낫다고 생각했는데 나중에 현관의 철문이 다 긁혀 있는 걸 보고 놀랐다. 장군이는 우리가 나가고 처음부터 그렇게 자고 있었던 것이 아니라 불안하고 긴장되어서 현관으로 나가 뭔가 상황이 바뀌지 않을까 기대하면서 문을 긁어보다가 결국 체념한 채 식구들의 체취가 남은 방으로 들어갔던 것이다.

지금처럼 혼자 남은 반려견을 위한 캠이 있었다면 일찍 알았겠지만 나는 그 흔적을 아주 긴 시간이 지난 후에야 발견했다. 하지만 알았다 해도 어쩔 수 있었을까. 모두가 나가서 직장을 다녀야 하는 시절이었으니까. 장군이가 시력을 잃고 이번에는 우리 가족이 장군이의 곤란에 적응해야 하는 때에 다행히 부모님은 가게를 열었다. 우리는 장군이가 앞을 못 보게 된 불행 속에서도, 그런 장군이를 혼자 두지 않아도 되는 삶의 조건이 만들어진 데 대해 안도했다.

처음에는 가엾고 애틋해서 전보다 과한 보호, 과한 간식의 제공, 과한 응석의 받아줌, 과한 관심과 관찰을 보였지만, 한 해 한 해 지나자 우리는 시력을 잃은 장군이의 조건을 삶에서 겪을 수 있는 변화 중의 하나로 받아들이기 시작했다. 간식과 사료를 섞어두면 사료를 퉤, 뱉어버리는 장군이를 나무라기도 하고, 손님 가방을 자꾸 뒤지는 장군이를 혼내기도 하면서 살았다. 장군이는 그때그때 따라주는 물이 아니면 먹지를 않아서 자다가도 물을—우리 가족들 말로는 '쌔 물'을—따라주어야 하는데 그래서 피곤해진 엄마는 종종 장군이에게 "다른 집에 갖다준다!"라고 겁을 주기도 했다. 물론 받아줄 집도 없고 보낼 생각도 절대 없었다. 하지만 엄마 말로는 그렇게 으름장을 놓으면 장군이가 자기는 다른 집에 가지 않겠다고, 엄마 말을 잘 듣겠다고 금세 반성하고 어리광을 부린다는데 나는 그 말을 믿지만 가끔 우리 장군이가 정말 그렇게 천재견인가 싶기도 했다.

엄마에게서 그 전화가 온 날은 종강 수업이 있었다. 나는 한 학기 마지막 수업시간이 되면 학생들에게 책을 한 권씩 선물하는데—물론 책이 그렇게 인기 있는 선물은 아닐 수도 있지만—그래서 『김승옥문학상 수상작품집』 아홉 권을 집에서 가져온 참이었다. 돌려줘야 할 리포트들도 있었고 서점에 들러 학생 수에 맞게 한 권 더 구입해야 하는 상황이었다. 그리고 가기 전에 점심도 먹어야 하고. 물론 그런 일들은 그리 복잡할 것 없는 일상이지만 장군이가 죽음을 앞두고 있다는 소리를 듣자 갑자기 그 모든 것을 하기가 어려워졌다. 일어나서 걷지도 못할 듯했다.

점심을 먹기 위해 '경북상회'를 만났을 때 나는 거의 혼이 나가 있었다. 경북상회는 "나는 장군이가 마취를 못 이길 거라고 전혀 생각하지 않아"라고 말했다. "그리고 어디가 아픈지, 상황이 어렵다면 대체 왜 그런지 우리는 이유를 반드시 알아야 해"라고도. 촬영중에 위급한 순간이 올 수 있다는 서약서에 사인을 하더라도 2차 병원에서 검사를 받기로 했다.

강의를 갔다가 전철을 한 시간 타고 집으로 돌아와, 다시 차를 타고 인천으로 향했다. 그사이 언니와 엄마는 장군이를 데리고 병원으로 가 있었고 상태가 나빠서 바로 촬영에 들어간다고 했다. 그러니까 나는 결국 현장에는 있지 못한 채 전화만 하고 하소연하고 울다가 모든 일이 끝난 뒤에야 뒤늦게 거기 당도하는 셈이었다. 길은 막혔고 나는 자꾸 내비게이션의 지시를 못 알아들어서 헤맸다. 겨우 주차를 하고 올라가자 엄마와 언니가 의사와 상담을 마치고 나오고 있었다. "다행인 게 뇌종양은 아니래" 하고 언니가 말하는데 나는 의자에 털썩 주저앉았다.

"늙어서 중풍이 온 셈이고 약물을 써서 지연시킬 수 있대. 완치는 안 되지만."

그날 장군이를 입원시켜야 했다. 그 또한 쉽지는 않았는데, 장군이가 거의 목이 쉴 정도로 짖고 있었기 때문이다. 장군이는 왜 자기가 몸을 일으킬 수 없는지, 왜 대소변을 누워서 봐야 하는지, 우리가 왜 곁에 없는지를 당연하게도 이해 못하고 있었다. 왜 자신의 몸이 이렇게 달라졌는지, 그러니까 늙는다는 것이 대체 무언지를.

늦은 저녁을 먹고 집으로 가니 가게를 지키고 있던 아빠가 오느라 수고했다, 라며 특유의 덤덤한 얼굴로 나를 맞았다. 우리는 그제야 병명을 제대로 알고 나서도 아빠에게 알려주지 않았다는 생각이 들어서, "아, 맞아 아빠. 장군이 뇌종양 아니래" 하고 말했는데, 동네 병원 결과만 듣고 내내 초조해하고 있던 아빠는 비로소 "아이고" 하면서 눈을 질끈 감았다. 아빠는 담담하고 괜찮았던 것이 아니라 결과가 두려워 묻지 못하고 있었던 것이다. 나는 그렇게 감정을 드러내는 아빠는 오랜만에 본다고 생각했다. 내 기억에는 회사가 넘어가고 한동안 집에만 있던 아빠가 지나가듯 "내가 얼마나 힘든지 아나" 하며 착잡해했을 때가 마지막이었다. 나는 한 번도 아빠가 우는 모습을 본 적이 없었다. 그런데 그날 아빠는 "우리 장군이 아직 갈 때가 아니지. 내가 잘 때마다 머리맡에 와서 잘 있나 냄새 맡고 가는 거 보면 눈물이 다 난다"라고 하며 고개를 돌렸다.

그날 집으로 돌아가려는데 차에 싣고 왔던 단감 두 줄이 생각났다. 나는 장군이가 앞으로 어떻게 될지 모른다는 예고를 듣고 보호자가 서약서까지 쓰고 촬영실에 들어가야 하는 상황에서도 냉장고에 평론가 S가 보내준 맛있는 단감이 있다는 사실을 잊지 않고 챙겼던 것이었다. 가족들은 내가 그 상황에서 단감을 들고 왔다며 놀라워했다. "야, 너는 그걸 어떻게 생각해냈냐?" 언니가 놀리듯 물었고 나는 "모르겠어, 나는 장군이가 왠지 당연히 먹을 수 있을 것 같더라고" 하고 답했다. 그리고 정말 예상치 못했지만 장군이는 퇴원해 식구들과 단감을 나눠 먹으며 회복하기 시작했다.

크리스마스가 가까워질 무렵 장군이는 자리를 떨치고 일어날 수 있었다. 하지만 완전하지는 않았다. 일어나거나 누울 때 도와주어야 하고 상태가 나빠지면 같은 자리를 뱅뱅 도는 정형 행동을 했다. 하지만 걸어서 화장실도 가고 돌아다니며 냄새도 맡았다. 엄마가 밖에 있는지 안에 있는지 가만히 기척을 듣기도 하고 고기와 사료를 날카롭게 감식하며 새 물을 요구해 마셨다. 그때부터 우리 대화에서는 "장군이가 대단하다" "의지가 강한 장군이시다" "스무 살까지 살 수 있다"라는 말이 주류를 이루었다.

하지만 내게는 여전한 불안이 있고 장군이가 그렇게까지 오래 내 곁에 있어주지 못하리라는 예감이 든다. 어쩌면 이 글이 독자에게 가닿을 무렵이면 나는 어떤 상실을 겪은 뒤일지도 모른다.

며칠 전 가서 안아보았을 때 장군이는 발작과 경련이 일어났던 그 무렵처럼 몸이 좀 굳어 있었고, 뇌의 퇴행과 신경적 문제를 해결해줄 약은 얼마나 기능할지 알 수가 없다. 그래서 우리는 어쩔 수 없이 매달릴 수밖에 없는 그 말, 열일곱 살이니 사람으로 치면 백 살에 가깝다고, 사람으로 치면 일제강점기에 태어난 셈이라고 하는 말로 서로를 위로할 수밖에 없다. 하지만 솔직해지자면 그것이 그렇게 큰 위안이 되지는 않는다. 우리는 장군이를 늙은 장군이가 아니라 그냥 장군이로 느끼니까. 오래 살았든 그렇지 않았든 장군이가 없다면 그 부재는 그냥 부재로 남을 것이다.

다만, 최근의 대화에서 이런 장면은 마음에 남았다.

장군이가 아프다고 하자 반려견이 있는 엄마 친구들이 무지개다리를 건넌 아이들을 어떻게 보내줬는지 엄마에게 알려주었다고 했다. 김포에 가면 괜찮은 장례업체가 있다더라, 누구는 세 마리를 차례로 보냈는데 수목장을 해주려고 모아놓았다더라, 화분에 뿌려주는 사람도 있는데 그건 이런 단점이 있다더라. 원한다면 당신 집 마당에, 심지어 선산에라도 자리를 마련해줄까 물었다는 친구들도 있었다. 어떻게 보면 피하고 싶고 듣고 싶지 않고 가급적 멀리하고 싶은 죽음에 대한 그런 대화를 장군이 앞에서 하는 것이 이상하기는 했지만, 그 과정에서 우리는 두려움만 느끼지는 않았다. 아직 찾아오지는 않았지만 언젠가는 감당해야 할 그 일에 대해 한번 더 기운을 내보는 나 자신을 발견했던 것이다. 더구나 그런 대화를 나눴던 엄마들의 나이를 떠올려보면 더 그냥 하는 얘기로 넘길 수 없었다. 마음에 따뜻한 존경 같은 것이 일었다.

어떤 불행은 나를 비켜 가리라는 기대보다는 내게도 예외란 없으리라는 엄연한 사실 앞에서 위로받는다. 물론 나는 "아니, 남의 강아지를 왜 그 선산에 묻어?" 하고 얼토당토않다는 식으로 거부했지만, 그 어쩐지 슬프고 두렵고 가냘프고 불안정한 대화만이 우리가 만들 수 있는 최선의 해피 엔딩이 되리라고 실은 그 순간 분명하게 믿었다.

사랑 밖의 모든 색인

편집자주

이 색인은 『사랑 밖의 모든 말들』 속 단어들을 고르고 빈도수를 헤아려 가장 적게 쓰인 단어를 먹 100%, 가장 많이 쓰인 단어를 먹 1%의 계조로 표현한 것이다.

춤 트램펄린 외로움 콧노래 휴가 양심 문밖 천국 마법 동화
미투 결부 촉각 파멸 발길 감칠맛 해명 분실 차마 스타벅스
제주 감자 홈리스 불가해 바깥 실망 계단 순환 다짐 문상
배웅 출근 IMF 불황 나쁨 파도 손가락 자판 촉수 예비 별명
시비 지하철 그리움 균형 빨래 촛불 흥미 탄생 지속 김밥
이상 베스트셀러 눈앞 불편 패턴 약간 와락 애정 척
양말 노인 침묵 개미 스무 살 당도 만남 공감 선의 온도
낭독 음악 계절 냄새 무기력 귤 칼 부끄러움 한계 국수 펫숍
낭만 웃음 불행 전쟁 따위 매번 공원 이동 안녕 세월호 비
단어 정신 도움 파괴 고양이 여행자 부재 공유 위험 노래
디킨슨 무력 자꾸 우주 아침 위안 남자 제발트 실감 할머니
밥 기차 택시 빛 공포 대학 다정 광장 바다 아파트 다양 장소
여름 봄 불안 타인 연인 계속 인물 딸 여정 기록 분노 갑자기
처음 슬픔 나무 조용함 별 청년 하루 아들 인천 인사 부산
작업 삼촌 일상 세계 이미 내면 장면 감정 이모 분명
이제 어떻게 모두 언니 함께 영화 작가 왜 가장 이야기 엄마
기억 속 뭐 자신 다시 아주 좀 시간 소설 마음 밤 등 것을

안식 균열 독해 허구 쪽지 외딴방 더블린 사람들 모국어

체념 의무 탈출 유튜브 거짓 환상 소금 어제 젠더 파업

해변 라면 참외 치료 온기 거울 용돈 평안 잎 후회 뒷모습

운동 한약 보호 안전 암시 안락사 방학 글쓰기 환희 애착

아름다움 용기 상자 환멸 익명 무한 갯골 명랑 부피

어둠 해운대 용서 마스크 조카 발생 편집자 김치 병아리

졸업 혼밥 가부장제 죄책감 반려견 드라마 카페 가정

질문 약속 송년 골목 행복 한낮 피아노 공부 수많은 안정

시인 선생 서울 태풍 나쁘다 티셔츠 자라 영상 시대 자세

연애 애완 책임 여자 강의 책상 결혼 비둘기 최선 에밀리

독자 고향 어려움 갈등 겨울 편지 공장 환기 표정 상실

이유 연속 꿈 다행히 대신 비극 어른 돈 곁 이별 자연

지지 병원 생활 공간 사진 눈물 전화 며칠 학교 완성

문학 글 아버지 부모 노동 대체 대화 몸 죽음 상태 풍경

사이 존재 사회 도시 결국 오래 힘 상상 세상 얼굴 친구

삶 읽다 책 어느 순간 모든 아이 밤 소리 손 달 누군가 지금

곳 처럼 하지만 사람 안 우리 수 나 말 밤 그 에서 그 사람

사랑 밖의 모든 말들

ⓒ 김금희 2020

1판 1쇄 2020년 4월 23일
1판 7쇄 2024년 7월 16일

지은이 김금희
책임편집 김봉곤 | 편집 정은진 김내리 이상술
디자인 김이정 유현아 | 저작권 박지영 형소진 최은진 오서영
마케팅 정민호 서지화 한민아 이민경 안남영 왕지경 정경주 김수인 김혜원 김하연 김예진
브랜딩 함유지 함근아 박민재 김희숙 이송이 박다솔 조다현 정승민 배진성
제작 강신은 김동욱 이순호 | 제작처 한영문화사

펴낸곳 (주)문학동네 | 펴낸이 김소영
출판등록 1993년 10월 22일 제2003-000045호
주소 10881 경기도 파주시 회동길 210
전자우편 editor@munhak.com | 대표전화 031) 955-8888 | 팩스 031) 955-8855
문의전화 031) 955-2696(마케팅) 031) 955-1906(편집)
문학동네카페 http://cafe.naver.com/mhdn
인스타그램 @munhakdongne | 트위터 @munhakdongne
북클럽문학동네 http://bookclubmunhak.com

ISBN 978-89-546-7149-1 03810

www.munhak.com